# 世界
# 性文學名著大系

總編輯：陳慶浩

小說篇
法文卷

# 《世界性文學名著大系》凡例

㈠原則——本叢書有系統地收集各國性文學經典著作，依其性質分篇，如小說篇、詩歌篇、戲劇篇、文獻篇和研究篇等；各篇又按語種分卷，如法文卷、英文卷、日文卷和漢文卷之類。

㈡版本——採最初版本或經專家校訂之定本；採全本而不採刪削本。書前並註明所採用之版本。

㈢翻譯——各書皆據原文，由精通中文及該文字之名家直接翻譯、絕不據第三種文字轉譯。

㈣序言及註解——各書皆由譯者或於該書研究有素之專家作序並加適量註解，以協助讀者更好了解該書。

㈤世界性文學書數量極多，涉及語種甚夥，選擇其中名著，誠非易事。編者見聞有限，如何選材，仍在採索搜尋中。然此爲開放性之叢書，可以增添新資料，修補缺漏。讀者中高人甚多，盼多批評指正，提出建議，使此大系得以提高，名副其實；則非只編者之幸，此套書之幸，亦爲社會之幸也。

# 《世界性文學名著大系》總序

陳慶浩

性文學是以性愛描寫爲重點或重點之一的文學。

沒有文字之初，文學是口頭流傳的，這就是我們所說的口頭文學或民間文學。未有文字民族的文學都是口頭文學；即使有了文字，教育普及，民間文學也沒有衰亡。部分情歌、笑話以及所謂葷故事，都是性文學。但由於社會禁忌，這些資料只有很少的部分記錄下來。俗文學中的性文學資料更多。畢竟文學敍寫人生，而性愛又爲人生的重要部分。在個體生存獲得保證後，種族的延續是靠性來維護的。雅文學中的豔情詩詞歌賦都是性文學，小說和戲劇，更不乏性文學的巨著。

不同的民族創造了不同的文化，不同的文化對性愛有不同的觀念。即同一文化，在不同的歷史時期，對性愛的觀念也是不同的。這種不同的觀念也影響到對性文學的態度。以西方和中國爲例。古代希臘人對性愛抱著欣賞和寬容的態度，自由地享受性的愉悅，同性戀、異性戀與雙性戀都被看成是自然的。古希臘的神話、戲劇、詩歌以及雕塑和繪畫，都充滿性愛的題材。比較其他民族，古希臘哲人更崇尚理性、追尋永恆的理念。柏拉圖認爲只有永恆不變的理念才是完善的，是具體事物的範型，而具體事物只是理念不完整的摹擬，是較低層次的。人亦如此。生理美引起的性愛只是永恆之美的理念的不完善呈現，應該加以昇華，通過文學、藝術，特別是哲學，達到更高層次。亞里斯多德認爲性愛可能導致美德，但抨擊縱慾。羅馬承繼希臘文化，對性愛也有相似的看法。古代羅馬人和希臘人一樣都有陰莖崇拜，欣賞人體美，出現了不少性愛的文藝作品，特別是春宮畫。但在這時期，也出現了極端的縱慾和禁慾的理論和生活態度。

隨著羅馬帝國衰亡，基督教興起。早期基督教重視靈魂，輕視肉體，認爲性愛使人墮落，提倡禁慾，鼓勵獨身。但性愛既屬本能，又是生殖的必要條件，因此强化一夫一妻的婚姻制度，取締一切非婚和非以生殖爲目的的性關係。通姦、手淫和同性戀等，都是罪惡的。教會全面而且持久地介入社會和家庭生活中，强烈抑制性愛，禁絕了文藝的性愛表現。這是西方延續千年的中世紀黑暗時代。接下來是文藝復興和宗教改革，個人重新發現，希臘羅馬古典文明再生，社會現世化和教會世俗化，對性愛態度相對寬容，產生了很多以性愛爲題材的文學藝術作品。但中世紀的性愛觀念已深入人們意識，成爲西方文化中不能擺脫的部分。

這個混合的性愛文化，在西方各國，不同的歷史時期有不同的表現，且隨著西方的擴張，散播到世界各地，成爲世界的主導思想。本世紀開始了對性愛的科學研究，中世紀的性愛觀念愈來愈沒落，禁忌被打破，文學藝術中以性愛爲主要題材的作品直到七十年代起才合法化；在這以前，很多作品還被以色情、妨礙善良風俗等罪名被禁止公開流通。

古代中國和其他民族一樣有生殖器崇拜，並從生殖推衍到天地萬物之源。作爲中國漢民族哲學的基礎《易經》即謂「男女構精，萬物化生」，「雲行雨施，萬物流形」，「天地感而萬物生」，「天地不感而萬物不興」云云。《易經》卦辭中有不少涉及性愛的文字。有人以爲，卦爻的陰陽，其實是男女性器官的符號。儒道兩家對性愛都採取自然和積極的態度。社會對性並沒有甚麼禁忌，可以公開談論，和古代希臘羅馬差不多，只是還未出現將肉體之快樂低於精神之快樂的學說。我們在《詩經》和其他先秦文獻中，可以找到若干性文學作品，也有一些藝術品保存下來。此時亦可能已出現房中家，專門研究性愛技巧、性健康、育嗣等問題。房中家後來被道家吸收，成爲道家一個流派，又有部分溶入醫家中。

東漢時佛教傳入中國，爲中國文化增添了新的因子。佛家以超脫生死爲宗旨，視存在爲虛無，以生即是苦，貪愛爲苦因。性愛生育，既造苦因，又結苦果，故僧尼皆獨身。佛教爲性愛定下很嚴厲的戒律，不能不影響到漢代以後中國人對性愛的態度。但佛教只是中國人衆多信仰的一支，入中國後也華化了，且佛教中也有對性愛持寬容甚至是積極態度的流派（如密宗），故明清以前，中國對性還是比較開放的；特別是唐代。這一時期出現了不少以性愛爲題材的繪畫和豐富的文學作品，亦有頗多的房中著作。宋代以後儒學復興，產生了宋明理學。宋明理學是儒學吸收佛學後形成的。理學家提倡「存天理，滅人欲」，宣稱「餓死事極小，失節事極大」。除了生育的目的，性愛自是人欲，在除滅之列的。朱熹一派的理學在元代以後被立爲官學，使這種理論成爲社會的主導思想。明清以來中國社會的性抑制、性禁錮形成的原因仍有待研究，但官學的影響是一個不能忽視的因素；專制制度强化，亦有直接的關係。不過宋元兩代性控制仍不太嚴，宋詞元曲，宋元話本等，都有以性愛爲題材的作品，政府也沒有禁止這類作品流通。

明代特別是晚明出現很奇特的現象，一方面是理學受到官方的提倡深入到社會生活的各個角落，開始禁性文學甚至一般涉及愛情的作品，並製造出大批的節婦烈女。另一方面則是上層的性放縱，和伴隨著經濟發展、都市繁榮，性文藝創作空前興盛。這時出現質量甚佳的春宮畫和數量可觀的性愛小說，還有若干性愛內容的民歌和民間故事（特別是笑話）也被記錄下來。這種盛況一直延續到清初，到清朝中晚期，開始嚴厲取締「誨淫誨盜」的圖書，才將這一熱潮平息下來。社會各階層所受性禁錮的程度各不相同，最上層宮廷和達官貴人，向來都有不受限制的特權，最低層的小民百姓，則視其所處地域之風俗習慣而異；最受影響的是中層階級，特別是知識分子。性文學在禁令下祕密流通，只是產品愈來愈粗俗而已。春宮則以辟邪和箱底畫等名義公開傳播。性愛題材的民間文學、小曲和戲劇，自然還繼續流傳。可以說在本世紀以前，中國沒有出現過像西方黑暗時代那樣對性愛嚴格控制的時代。但我們也不能遺忘中國歷史上可恥的閹人和小腳，還有很多浸透血淚的貞節牌坊。

西方入侵帶來西方文化包括西方性文化，它已和傳統性文化融混成爲目前流行性文化的一部分。同性戀被作爲社會問題討論，正是西方性文化東傳的結果；中國歷史上從不將同性戀看成罪惡，而是將它看成性愛的一種形式，不加禁止的。本世紀五十年代到八十年代的中國大陸，是中國歷史上性禁錮最嚴酷的時期，尤以文革十年達最高峯。中共政權混雜了傳統道學家和以史達林主義爲代表的西方中世紀教會的性愛觀念，對大陸人民進行性統制。性愛成爲低下的東西，非婚性關係、婚前性關係、同性戀等都是犯罪的。禁止一切涉及性愛的文藝作品、包括民間性文學，除去少數圖書館及文物機構外，全面收繳並銷毀一切性愛的書籍和文物。全面性壓制的結果造成全民的性無知，這種情況直到近十幾年來的改革開放政策提出後才開始轉變。大陸近年來的性文化研究熱，就是這種改變的結果。今天的中國性愛方面的特點是意識形態的性禁忌和現實生活的性放任，多重的標準，使社會生活在虛僞和矛盾中。

中國和西方歷史顯示，當社會對個人的控制越緊，性禁忌就越多，性禁錮就越嚴厲。獨裁者都是通過性禁錮來顯示道德品質的高尚，以表明其政治理想之崇高。納粹德國就曾焚性文學書、禁性愛研究、制裁非婚性行爲。泛道德主義是這類政權的特色，政治迫害甚至政治鬥爭，幾乎都是從道德問題開始的。道德敗壞的人，政治以及其他一切自然都是壞的；而道德品性純潔的人，即使有這樣那樣的缺點，也是可以原諒的。中共歷次的政治運動，都是這樣的模式；歷來評論人物，亦難脫此模式。而違反性禁忌，是道德敗壞最有力的明證。性問題歷來是權力鬥爭的利器。不單中國如此，英美諸國皆然，只是程度不同而已，似乎只有當代歐洲大陸的公衆人物較少受到性干擾。性禁錮程度可作爲個人自由度的一項指標。人類自身解放的歷程中，不斷打破形形色色的禁忌包括性禁忌。性愛是個人最切身的權利，是一項最基本的自由，不應該被拿來作爲社會控制的工具。歷史上個人的自由被一點一點地掠奪，也要一點一點地爭回來。禁忌妨礙心靈的自由，個性的解放。

今天，在台灣，當政治禁忌已被打破之後，打破性禁忌就被提到日程上來了。在政治權威消失以後，社會上瀰漫在泛「道德」的氣氛中。而所依循的，還是舊秩序下的道德，有濃烈的絕對主義色彩。而一切訴諸道德，正是專制制度的溫床。性禁忌，正是這些道德維護者的利器。將爭取個人性自由，打破性禁忌看成性放縱，而性放縱正是社會解體和個人墮落的表徵。在特權的社會中，有權有勢者可以爲所欲爲，沒有每個個人的自由，包括性自由。個人的自由是建在自尊尊人的基礎上，它勢必形成社會的公共契約，處理社會事務基於法律，而非訴諸道德。自由不可能使每個個人變成不受限制的特權人物，而是使每個個人成爲平等的公民；公民有權利和義務。自由意味著責任。在專制制度下，統治階層一般將百姓當爲芻狗，好的亦只將百姓當成子民，要作之君作之師。對統治者來說，百姓並不是心智成熟的人，甚麼事都要他們來作決定。他們壟斷資訊，按等級分配享用，包括性愛相關的資訊。甚麼人可讀甚麼書，都是由他們決定的。但在民主制度下，人民沒有任何理由去承認政府官員比自己高明，由官員們替自己決定那些是自己不應讀的書。自由獲得資訊是公民的基本權利。自然我們還要注意到還在成長中的少年兒童，他們理應受到適當的保護。但絕不能以保護少年兒童爲藉口，去剝奪成年人的權利。

性文學是文學不能分割的一個部分，過去由於性禁忌，既不可能閱讀，更談不上研究。西方世界也只是在六七十年代，才逐漸解除對性文學作品出版和流通的限制，一代人過去了，並沒有出現道德之士所擔憂的社會解體和個人普遍墮落的情況，社會也沒有風起雲湧去爭讀性文學書籍；它只是衆多文學作品的一種罷了，正如衆多電影中的色情電影，並不引起觀看的熱潮。倒是因爲開放，人們得以以平常心看待，使得性文學的質量和研究得以提高。台灣比歐美遲二三十年，現在是可以開放性文學的時刻吧？台灣總不能置身世界大流之外，況且打破性禁忌，也正有社會開放個人自由的象徵意義。自由的愛和愛的自由是不能分開的。目前學界對本國漢文性文學資料了解甚少，遑論其他文字的性文學。爲此，我們決定編印這套《世界性文學名著大系》，系統地介紹世界上各種語文的性文學名著，包括詩歌、戲劇、小說以及相關的資料和研究。這是世界上第一套有系統的世界性的性文學叢書。西方出版過多種性文學選本、性文學叢書，但他們對東方性文學所知甚少，採用的只是西方的資料。且所用資料，未經嚴格的有系統的挑選，沙泥俱下，卻又非無所不包的全書，帶有很大的隨意性。本《大系》是在收集大量作品的基礎上，再按該作品在文學史上的地位及其在性文學方面的成就篩選出來的。這些作品都是該國文學名著，是性文學的經典。

人的生活有目的性，性愛非只本能，而是後天學習到的行爲模式。不同的文化模式塑造其成員的不同性類型，這在各民族中的性文學中有較集中的反映。《世界性文學名著大系》使我們看到不同文化在不同時期對性的不同看法，人們往往將自己當下的性模式看成天經地義的必然，擴大視野，就會認識到被認爲必然的在別的文化中並非天經地義的；即在本文化不同的歷史時期中，亦有不同的看法。只要有開闊的胸懷，我們自然對不同的性表現抱著寬容的態度。長期以來，性文學是個禁區，在這新的歷史時代，隨著《世界性文學名著大系》的出版，文學愛好者不但能夠讀到漢文的性文學名著，也經由翻譯，讀到世界各種語文的性文學名著。對於文學研究者，這套書的功用是明顯的，集合各種語文的性文學名著，自方便作比較研究。性文學很集中地反映民族文化，西方的性文學自然和東方有很大的差異，即西方諸國也各不相同，法語、英語、德語的性文學名著，都有各別的面貌。也許這麼一套書，對想了解不同文化的人，能有些許助益吧。

一九九四年七月於台北

# 泰蕾絲說性

THÉRÈSE PHILOSOPHE

(法)布瓦耶・阿爾讓／BOYER D'ARGENS 著

微谷譯

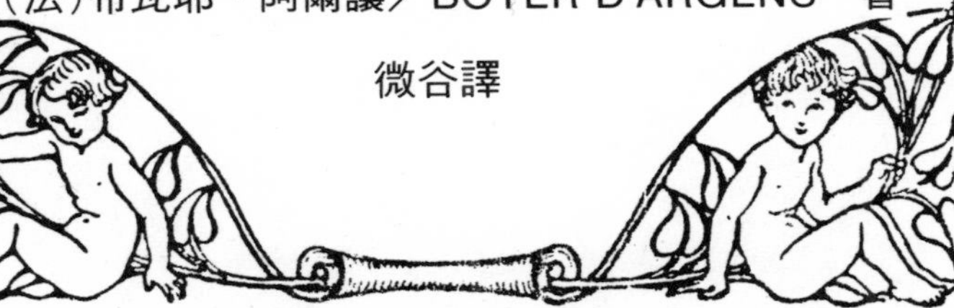

本書根據法國原版譯出

# 一部道德化的性小說

## ——關於性的中庸之道

柳鳴九

若望—巴卜茅斯特・德・布瓦耶・阿爾讓侯爵（Jean-Baptiste de Boyer, marquis d'Angens）不是一個文學家，而是一位哲人。

他一七〇九年生於法國普羅旺斯的埃克斯，一七七一年逝世，曾長期居留荷蘭，而後到了普魯士，在普魯士期間，他成爲腓得烈二世的侍讀。他寫過一些論著，較著名的是《猶太人的書信》。他是法國伊比鳩魯主義中一個重要的人物。

小說是以一個名叫吉拉爾的耶穌會教士的眞實案件爲素材。耶穌會是法國天主教會中的一個宗派組織，從十七世紀起就頗有勢力，爲非作歹的事做了不少。莫里哀著名的喜劇《僞君子》寫的就是一個耶穌會教士的劣跡。他以良心導師的面目打入平民百姓家，勾引這家的主婦，還想把這家的財產全部霸佔下來。這個文學人物是如此家喻戶曉，以至他的名字丟爾菊夫已經成為了偽善者的同義語。吉拉爾此人也是這類的宗教騙子，他是土倫區爲隨艦船出海的佈道牧師舉辦的研修班的頭頭，於一七二九年誘姦了兩個年青的女子，一個十七歲，名卡特琳娜・卡狄愛爾，一個才十四歲，名拉・洛吉爾❶。此案曾嘩然一時。

讀者不難從小說的第一部中，五十三歲的老頭迪拉神父與妙齡的埃拉蒂斯小姐的那一場戲裡，看出這是對吉拉爾事件的影射。小說裡的這場戲是披著禱告與驅邪的宗教儀式的外衣進行的，誘姦者自稱是在「執行神聖的使命」，被誘姦者則自以爲是「享受天堂的幸福」，幾乎每一個性動作都是以宗教的名義做出的。在神聖的旗號與下作行爲之間的反差中，誘姦者以宗教爲幌子的卑劣面目，信女在宗教與世事上的愚昧，都躍然紙上。這是文學中少有的辛辣諷刺之頁。

如果根據這一部份章節，以爲布瓦耶・阿爾讓在宗教問題上會像伏爾泰鞭撻得那樣刻薄無情，像薩德否定得那樣徹底、不留餘地，那就錯了；如果根據布瓦耶・阿爾讓把這對男女偷情的場面寫得如此不堪，以爲他有某種程度的清心寡慾傾向，那也錯了。他中庸的政治立場與處世態度，使他在宗教問題上遠非那樣激進，他似乎不想得罪當時的當權派，而他的伊比鳩魯思想傾向，則使他對性樂並非那麼否定。

這種雙重的折衷主義使他創造出修道院長T先生這個人物。這是一個通情達理、合情合理的神父，他處世爲人明智開通，宗教觀入情達理，他與C夫人的風流韻事，雖然也是偷摸苟且之爲，但還合情合理。總而言之，他是個令人可以接受的人物。

這個人物的宗教觀概括起來，可以說是反宗教而不反上帝，反虛僞的壞神父，不反開明的好神父。在他那裡，「上帝是有的，他是世界上萬物的創造者與主使者」，「上帝與大自然原本是一回事」，宗教則「無非是人類的產物」，是宗教首領、政治家臆造出來的「介乎於上帝與我們之間的存在物」，「各個地區的野心家、大天才、大政治家們利用人民的輕信，宣佈了一些通常是稀奇古怪、反覆無常、專橫暴虐的神靈」，「給人以錯誤的、有關上帝的概念」。他這種宗教觀顯然不是正統的、規範的宗教觀，它肯定了上帝的至高無上性，但這個上帝只代表一種理念，一種信仰，而不代表教會、教規等組織實體、人爲機制、刻板的規章、可怕的法紀。

這位修道院長的兩性觀也是開明而通情達理的。當他把壓在人類頭上的宗教組織、宗教戒律、宗教懲處、宗教儀式全都一筆勾銷，只讓一個虛無飄渺、若有若無的上帝在人類上空盤旋的時候，他的開明性就已經是相當足夠了！而當他又把上帝與自然劃一個等號，並且認定人身上的肉慾只不過是「大自然永恆的法則在人身上激起的需要」，「得自於大自然之手」時，他幾乎就是一個性解放主義者了，難怪他敢於宣稱自己「有慾就去尋求滿足，如同有尿就去尋個尿壺一樣。」當然，按此自然規律獲取肉體的快感與幸福，根本無需宗教的名義來張本，也用不著宗教形式來裝點，更不必受到宗教誡條的束縛，不過，「因爲上帝並非只希望某些個人幸福，而是希望全人類都幸福」，所以「我們得盡可能地不損害現有社會的某些支系，在保持我們自身狀況的同時，還要盡我們全部的責任」。他的這套觀點見解，既打上了鮮明的伊比鳩魯主義的印證，又有反射人慾橫流、淫佚放縱、危害社會的審愼，其折衷的色彩是不言而喻的。

如果小說的第一部中兩個相對照的神父各自的風流艷事，是爲了表現關於性事與其外部諸方面的關係——即表現性事與社會、人生、道德、宗教等諸方面的關係的話，那麼，小說第二部中布瓦洛麗埃太太與泰蕾絲兩人的經歷故事，則是爲了說明性事本身內部的若干問題——即性事的方式、趣味、心理、程度、風度等等。在這裡，小說再一次顯示出它對合理而適度的肉慾享樂的理念，或者說，又一次顯示出一種性事上的折衷主義的傾向。具體說來，小說通過曾操神女生涯的布瓦洛麗埃的各種性經歷、性見聞，對性事中種種乖僻的行為與心理作了否定；而通過泰蕾絲與伯爵先生戀愛與歡合的故事，則表現了正常的、理想的、幸福的歡合之道。伯爵不僅道德高尚，滿口都是「要從公衆利益角度考慮」、「每個人都應當注意不做任何有損他人幸福的事」、「應當遵循的第一原則便是正正派派地做人」等等道德準則，而且風流倜儻，在性事中趣味純正、力技超人。小說的整個第二部似乎在告訴讀者：男女交歡，本身其樂無窮，何需冒出那些乖僻邪謬的慾念、玩旁門邪道的花招？

小說的標題直譯應為《哲人泰蕾絲》，雖然整部小說都是以泰蕾絲的敍述構成的，但泰蕾絲卻只是一個假哲人。在說理道論方面，她不過是一個轉述者而已，她所轉述出來的性哲理，全是出自修道院長與伯爵先生二人的議論。當然，修道院長與伯爵也只不過是兩個傀儡，是作者布瓦耶・阿爾讓的傳聲筒。作者派定給他倆人的角色的性質是太顯而易見了，他們兩人的風流韻事在小說中所佔的比重實在很小，他們的「戲」少得可憐，而他們的話卻多得出奇，他們的議論往往是長篇累牘的。這表明了布瓦耶·阿爾讓描寫性事的興趣不濃，議論性事的想望甚高，而他的議論又充滿了中庸、適當、合乎規範等等準則，頗有點道德說教的味道。因此不妨說，《泰蕾絲說性》實可算作一部道德化的性小說。

## 註釋：

❶ 亞歷山大利安：《色情文學史》第一五〇頁至一五一頁，巴黎，瑟蓋斯出版社一九八九年版。

# 目錄

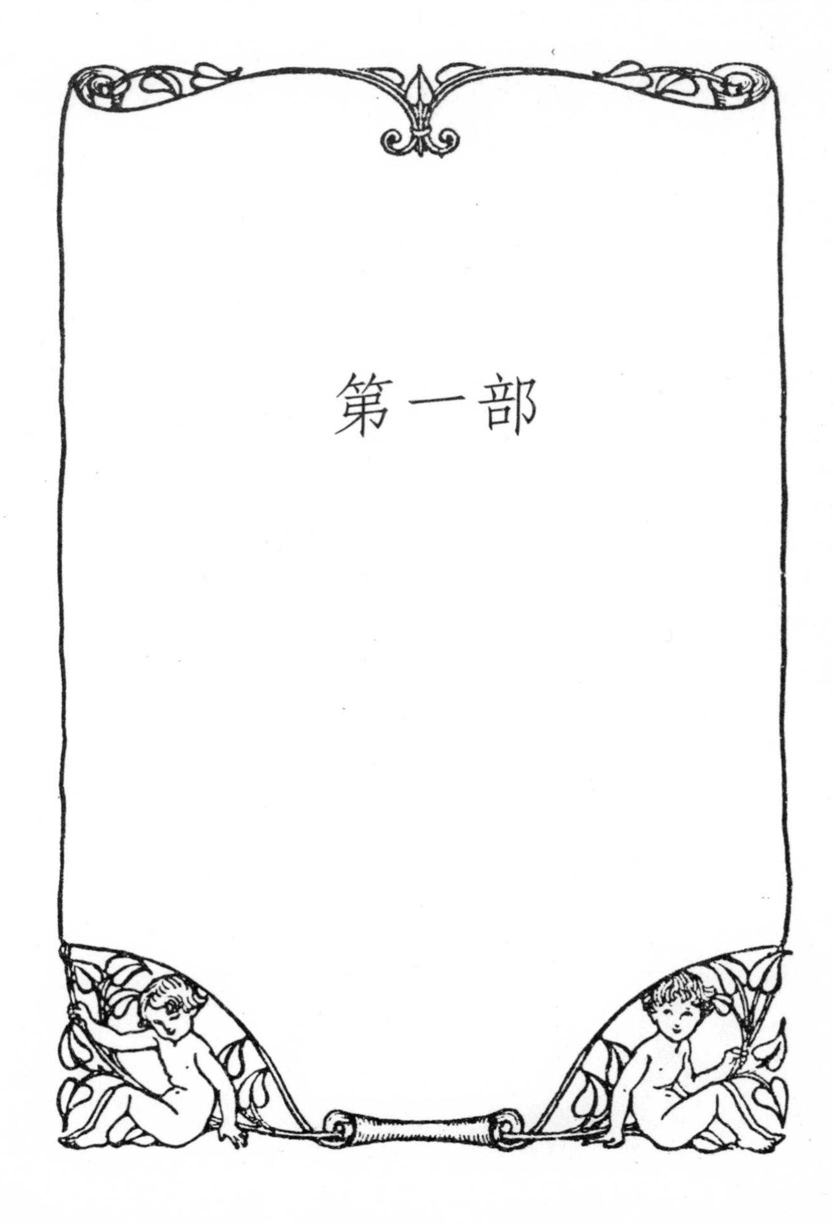

# 第一部

什麼，先生，您當眞要我寫我的經歷？要我向您彙報埃拉蒂斯小姐和尊敬的迪拉神父的神祕場面？要我告訴您C……夫人和修道院院長T……的風流韻事？您要求一個從未動過筆的姑娘把這些詳盡寫來，而且要寫得有條有理？

您是否希望看到這樣一場戲：那些我已讓您瞥過一眼，或您我在裡面充任過角色的場面，要絲毫不失其淫蕩？還希望那些玄奥的推理要完全保留其活力？說眞的，我親愛的伯爵，這似乎超出我的能力了。何況，埃拉蒂斯小姐曾是我的朋友，迪拉神父曾是我的神師，我對C……夫人和修道院院長T……又懷有感激之情。難道我能背叛賜予我最大恩惠的人嗎？因爲是這幾位的所作所爲以及理性思索，逐漸使我看清了我對自己青年時代所懷有的偏見。可是，您說，假如示範和推理造就了您的幸福，那又爲什麼不通過同樣的途徑，通過示範和推理，盡量使他人幸福呢？爲什麼怕寫有益於社會的眞相呢？那好吧，我親愛的恩人，我不再抗拒，讓我們來寫吧！思索者的文筆優雅而洗煉，而我將代之以天眞而坦率的語言，而且不怕傻瓜們的嘲諷。不，您將永不會遭到您溫柔的泰蕾絲的拒絕：您將會看到她從幼年起的心靈深處的每一個角落；她整個的靈魂，將在那些小小的風流韻事的細枝末節中展開。而正是那些小小的風流韻事，使得她無意中被一步步引向了肉體快感的高潮。

愚不可及的人們！你們以爲自己完全有權熄滅大自然置於你們體內的情慾？這是上帝的產物呀！這些情慾，你們竟想把它們毀掉，使它們不超出一定的限度？喪失理智的人們！難道你們以爲自己是比第一造物主更爲强大的第二造物主？難道你們永遠看不到，一切都有自己的定規，一切都合情合理，這全都來自於上帝，而不是來自於你們！難道你們還不了解，創造一種思想，其難度並不亞於創造一隻眼睛或一隻胳膊？

我生命的歷程，便是上述眞理無可辯駁的明證。從我幼年時起，人們就只給我講對美德的愛，和對惡習的憎。「只有遵循基督教的美德，您才會幸福，」人們對我說，「凡與之背離的，則爲邪惡。而邪惡會招來對我們的蔑視，而蔑視會產生一連串的羞恥和悔恨。」我對這番相互關聯的忠告深信不疑，便誠心誠意地按照這些忠告爲人處事，直至二十五歲。我們來看看我是如何成長的。

我出生在旺斯羅普省。我父親是位老實本份的有產者，某城的批發商。那是一個美麗的小城，那裡的一切都在鼓勵人們尋歡作樂；通姦和偷情，好像成了人們社交生活中唯一和全部的興趣所在。人們一思索，便是在愛了；而人們思索的目的，也只是爲了使感受愛情溫馨的方式變得容易。我母親的籍貫是……，與旺斯羅普省毗鄰的那個省的婦女才思敏捷，我母親除了這點外，還具有旺斯羅普省性感女子那種令人快樂的氣質。我父母日子過得很儉省，他們有一筆微薄的收入，還有一點做小買賣的蠅利。他們的操勞並未能改變他們的財產狀況。我父親供養著一位年輕寡婦，是個附近的女商販，即他的情婦；我母親則由其情夫——一位十分有錢的貴紳供養。這位貴紳很仁慈甚至讓我父親榮享其友誼。一切都按照一種令人贊嘆的秩序進行，大家都知道彼此該遵守什麼，夫妻之間空前地團結。

十年光陰就在這值得稱道的安排中流逝了。後來我母親懷了孕，生下了我。我的出世給她留下了一種不便，這對她來說，或許比死更可怕。她分娩時用力過度，造成會陰破裂，這使得她必須殘忍地放棄賦予我生命的肉體享樂。

我父親家裡的一切都變了樣。我母親變得虔誠了：照管嘉布遣會修士們的神父取代了……侯爵先生，而那位被打發走了。我母親本質上依舊溫柔多情，改變的只是所愛的對象而已。她把曾經給予侯爵的，奉獻給了上帝。當初是出於愛好和氣質，現在則是出於迫不得已。不知因爲何故，我母親在著名的沃爾諾海港定居了下來。她從最風流的女子，變成了有世以來最賢慧、也許是最貞淑的母親。

這位溫柔的母親，一直照顧著我的健康，並擔負著教育我的責任。我剛滿七歲時，她便發現我眼看著消瘦下去。一位精通業務的醫生被請來，母親向他請教了我的病情：我食慾旺盛，體溫正常，不覺有任何痛苦，然而，活力却在消失，雙腿難以支持。母親怕我有個好歹，便不再離開我，並讓我與她同睡。一天夜裡，她以爲我已入夢，發現我把手放在使我們有別於男人的那個部位。通過一番輕輕地摩擦，我獲得了一個七歲女孩不大能體驗到的肉體快感，而這在十五歲的女孩中，卻是很平常的。這時，我母親眞是吃驚不小！我母親很難相信自己所見到的情景。她輕輕地掀掉被子和毯子，拿過房裡亮著的燈，作爲一個謹愼而又內行的女人，她耐心地等待著，看我的動作會導致什麼樣的結局。事情一如所應該的那樣。我騷動、顫慄，而快感喚醒了我。出於本能的反應，我母親很有分寸地責備了我。她問我，她剛才所目擊的可恥行爲是跟誰學的。我哭著回答她，我不知道在哪兒惹惱了她，也不知道她用「用手摸」、「不知羞恥」、「大逆不道」等字眼是想對我說什麼。我天眞的回答使她相信我是無辜的，於是我又睡著了：我這一方是重新用手摸，而我母親那一方是再次埋怨。終於，經過幾夜的認眞觀察，再不用懷疑，我睡覺時這麼做，是氣質的力量使然，而許多可憐的修女醒著時也是通過這種方式來發洩的。於是，他們決定把我的手緊緊綑住，使得我無法再繼續我的夜間娛樂。

我很快就恢復了健康和原先的活力。然而，惡習改掉了，氣質卻增强了。在九歲至十歲時，我感到了一種煩躁不安，感到有要求，卻不知是在要求什麼。我和我同齡的少男少女們，經常聚集在閣樓上或某個偏僻的房間裡，在那裡玩小遊戲：其中一位被選爲校長，誰哪怕是犯了一點小小的過失，都要挨校長的鞭子。男生們解開褲子，女生們撩起裙子和襯衣。大家便互相盯著看。這時您就會看到，五、六個小屁股在被輪流地欣賞、撫摸和鞭打。男生們那個被我們稱作「雞雞」的東西，便充當我們的玩具。我們上百次地用手在上面摸來摸去，用手掌按，把它們做成玩偶；我們吻這小小的陽具，而我們當時還遠沒有認識到其用途和價値。我們的小屁股也被吻了，唯有肉體享樂的中心被忽略了。爲什麼被忽略呢？我不知道；只是，這便是我們的遊戲。是單純的本性在引導它們，而且，是千眞萬確的眞理授意我寫下來的。

這種放蕩行爲持續了兩年。後來，母親把我送進了一所女修院辦的女子寄宿學校。我那時大約十一歲。校長首先想到的是安排我作第一次懺悔。我無所畏懼地出庭了，因爲我毫無內疚之感。我向這位上年紀的嘉布遣會修士們的照管者、我母親的神師，作了細述。我講了我這年齡女孩的所有雞毛蒜皮的小事和小過失，而他在一旁聽取。在我指控自己犯有過錯，並因此而有罪後，這位仁慈的神父對我說：

「您有朝一日將成爲聖女—如果您繼續效仿您的母親那樣遵循道德原則的話。尤其要避免聽從肉體的魔鬼。我是您母親的神師。她曾向我告警，說她認爲您對下流的事，對最令人厭惡的惡習感興趣。其實，她對您四年前得過的那場病所產生的想法是錯誤的，但我爲此感到慶幸。如果沒有她的照顧，我親愛的孩子，您就失去您的身體和靈魂了。是的，我現在可以肯定，您被她無意中發現的手淫行爲，並不是有意識的；而且我確信，她爲拯救您而從中得出的結論是錯誤的。」

我的懺悔神父的話使我非常不安。我問他，我究竟做了什麼？竟使我母親對我產生這麼壞的看法。他把曾經發生過的事，和我母親爲糾正我的毛病而採取的措施，都很痛快地告訴了我，並且希望我永遠都不知道這毛病會產生什麼後果。

聽了這番話，使我聯想到剛才提到的閣樓上的遊戲。我不禁憂慮起來。我臉紅了，垂下了眼睛，一副羞慚滿面、目瞪口獃的樣子。而且我認爲，我初次發現了我們遊戲中的罪惡。神父問我爲何緘默不語，又爲何悶悶不樂。我把事情向他和盤托出。他什麼細節沒問到！我用詞之天眞，態度之天眞，和對我所供出的閣樓遊戲類型認識之天眞，再次使他相信我是無辜的。他指責這些遊戲時態度之謹愼，是神職人員中所不常見的。但他的神情表明，他在琢磨我屬於哪種氣質。齋戒、祈禱、默禱、苦衣，是他因此而吩咐我用以戰勝情慾的武器。

「永遠別用手摸，」他對我說，「也別用眼睛看您撒尿的那個下流部位，它不是什麼別的東西，而只是引誘亞當的蘋果。它給人類造成原罪。它由魔鬼居住，是魔鬼的住所和寶座。別讓這上帝或男人的仇敵把您愚弄。大自然很快就會用一撮難看的毛將它蓋住，就是猛獸用來遮體的那種。通過這種懲罰是爲了表明：恥辱、陰暗和被遺忘，應該是它的稟性。您還要更小心地保護好這部分肉體，以防備在閣樓上逗您高興的那些少年。這是蛇啊！我的女兒。它引誘了夏娃，我們共同的母親。但願您的目光和觸摸永遠不要被這醜陋的畜生玷污，它會咬您，而且肯定遲早還會把您吃掉。」

「什麼！這可能嗎，我的神父？」我又說道，同時激動不已，「那眞的是條蛇，而且像您說的那樣危險？唉！我覺得它非常溫柔！它沒咬我的任何一位女友，我向您保證，它只有一張很小很小的嘴，根本沒有牙，這我看得很淸楚……」

「得了，我的孩子，」我的懺悔神父打斷了我，「請相信我的話，您輕率地摸過的那些蛇還太年幼、太小，所以還作不了惡，而它們是能夠作惡的。不過它們會變長，變粗，會向您撲過來。到那時，它們會因爲狂怒而射出一種毒液，使妳懼怕，而這種毒液會毒害您的身體和靈魂。」

終於，在經過另一番類似的告誡之後，仁慈的神父便把我打發走了，任憑我陷入極端的困惑之中。

我回到自己的房間，滿腦子都是剛才所聽到的話，但佔據我腦海的，主要是對可愛的蛇的看法，而不是針對它所作的教誨和威脅。然而，我還是誠心誠意地履行一己的諾言，抵制氣質的力量。於是我成了一名道德的典範。

親愛的伯爵，我不知得作多少次鬥爭，直到二十三歲，我母親把我領出這該死的修道院爲止！我剛滿十六歲時，陷入了一種萎靡不振的狀態，這是我默禱的結果。通過默禱，我明顯地發現，我體內有兩種情慾，它們之於我是不可調和的。一方面，我眞誠地愛上帝，渴望全心全意地爲他效勞，而且是用人們向我擔保的他所願意的方式；另一方面，我感到有強烈的慾念，可是弄不淸其目標是什麼。這可愛的蛇不停地在我靈魂中梳理自己，並不由自主地停下來，或是醒著，或是睡著。有時，我激動不已，以爲自己把手放在它上面了，我撫摩它，欣賞它那高貴、傲慢的神情，以及它的堅實，儘管我尙不知這些特點用途何在。我的心跳得出奇地快，深深地沈浸在狂喜和幻想之中，而這時刻總是由一種肉體快感所引起的顫慄標明。我幾乎已無法控制自己：我的手正抓著金蘋果，而手指代替了蛇。在肉體快感爲前鋒的刺激下，我已無法作任何思考。就連在我眼前開裂的地獄都阻止不了我：內疚和悔恨都無濟於事！我使快感達到了高潮。

然後又是怎樣的心煩意亂！齋戒、苦衣、默禱是我的對策。這些治療手段通過弄壞我的機體，眞的一下子消除了我的情慾。可是它們也合夥毀了我的氣質和健康。我終於陷入了一種萎靡不振的狀態，顯而易見地在被引向墳墓。就在此時，母親將我領出了寄宿學校。

請回答，狡猾而無知的任意給我們製造罪名的理論家們：是誰把這兩種情慾，即對上帝的愛和對肉體享樂的愛，置於我體內，使我因而遭受到了打擊？是大自然，還是魔鬼？請選擇。可你們是否敢提出，此或彼比上帝更强大？如果它們隸屬於上帝，那就是上帝允許這兩種情慾並存於我體內，這是他所爲。不過，你們會反駁：上帝已給了您理智讓您自我開導。是的，但不是爲了讓我作出決定。理智使我發現了我爲之煩躁不安的兩種情慾。通過理智，我明白了，既然一切得自於上帝，這兩種情慾也便得之於上帝，而且我還獲得了它們的全部力量。可是，這使我開竅的理智，卻並不能使我作出決定。然而，你們會繼續說：既然上帝給了您支配自己意志的權利，您便可以自由選定福或禍啊！純粹是文字遊戲罷了！這意志和所謂的自由所具有的力量及其作用之大小，得視其煽動我們情感和慾念的狀況而定。比如，我似乎有自殺、跳窗的自由。其實不然；當我身上生的慾望一旦超過死的慾望，我就絕不會自殺。你們會說，某某人完全有權把其口袋裡的一百個金路易送給窮人，送給他那寬容的懺悔神父。但是事實上並非如此。他保存錢的欲望一旦超過毫無意義的赦罪慾望，他就必然會留下他的錢。總之，人人都可以向自己證明：理智不過是用來使人認識到，他對要做的，和要避免的這樣或那樣的事，其慾望之强弱度如何。而這慾望之强弱程度，是由理應屬於他的快樂或痛苦構成的。由這番通過理智所獲得的認識，便引出了所謂的意志和決心。可這意志和決心也取決於使我們騷動不安的情感和慾念，這就像四磅的砝碼必然會使天秤偏向一邊，因為另一個秤盤只有二磅砝碼。

可是，某個從表面看問題的推理者會對我說：在吃飯時喝一瓶勃艮第葡萄酒，還是喝一瓶香檳酒，我難道也沒有這個自由嗎？是在杜伊勒利公園的寬闊林蔭道上，還是在斐揚修道院的平臺上散步，我難道也無權決定嗎？

假如，對作什麼樣的決定，心靈完全無所謂；對做這件事還是做那種事，兩種慾念不偏不倚，正好平衡，我承認，在上述情況下，是看不出自由的這種欠缺的。這就好比遠距離地看東西時，我們已分辨不出目標；可是，讓我們把它們挪近點，我們很快便會清楚地看到我們生命活動的結構；而且，一旦看出一個活動，就會看出全部，因為大自然是在按著同一法則運行。

我們的推理者入座就餐，有人給他端來了牡蠣。這種菜肴決定了他要喝香檳酒。可是，有人會說，他可以自由地選擇勃艮第葡萄酒。我說不然。不錯，另一種動機，另一種慾望，若強於前面的動機和慾望，就會決定他喝後面的那種酒。這好處，在此種情況下，即這後面的慾望，同樣會抑制所謂的自由。

我們的同一個推理者在進杜伊勒利公園時，發現一位他所認識的漂亮女人坐在斐揚修道院的平臺上，他便決定去會她。除非有別的什麼利益或樂趣方面的理由，把他引到林蔭道上去。

可是，不論他選擇哪一面，始終將是某種理由或某種慾望，不可抗拒地使他作出這樣或那樣的決定；而這決定，是與其意志相悖的。

就算人是自由的吧，那就得假定使他作決定的是他自己。可是，假如使他作決定的是情感的強弱程度，而情感的性質及其引起的感覺影響了他，那他就不是自由的。某種程度的慾望不可抗拒地使他作出了決定，一如四磅的砝碼帶走了三磅的砝碼。

我還要請我的對話者告訴我，他未能就此處涉及到的問題和我作同樣的思考，是什麼阻止了他？而我不能決定自己就這同一問題和他作同樣的思考，這又是爲什麼？他也許會回答我，他的思想，他的觀念，他的感覺，迫使他像現在這樣思考。這番想法暗暗向他證明，他無權具有和我作同樣思考的意志，而我亦如此。由此便可得出：必須得承認，我們不可以自由地以這樣或那樣的方式思考。那麼，假如我們並不可以自由地思考，我們又怎可以自由地行動？既然思考是原因，而行動只是結果。是否能從一個不自由的原因中，引出一個自由的結果呢？這顯然是互相矛盾的。

爲了最終使我們相信這個眞理，讓我們來借助於經驗之火炬。甘果瓦、達蒙、菲蘭特是三兄弟，由同樣的主人一直撫養到二十五歲。他們從未分開過，曾接受了同樣的教育，同樣的道德和宗教方面的訓導。然而，甘果瓦愛喝酒，達蒙喜歡女人，菲蘭特篤信宗教。是什麼決定了這三兄弟具有這三種不同的意志呢？這不可能是對善惡的認識和瞭解，因爲他們接受的是出自同樣的主人的教誨。他們每個人都有自己不同的原則、不同的情感，而這些情感和原則決定了這些不同的意志，儘管他們所獲得的知識是相同的。甘果瓦雖說愛喝酒，但他不喝時，卻是最正直、最平易近人、最和善的朋友。可他一沾這具有魔力的液體，就變得好用惡語傷人，好誹謗人，好吵架。一時性起，他會和最好的朋友鬧到抹脖子的地步。那麼，這突然發生的意志的變化，甘果瓦是否能控制住呢？當然不能。雖然他清醒時也憎惡自己在酗酒時被迫幹的那些事。然而，某些傻瓜會欣賞甘果瓦身上的節慾精神，因爲他不喜歡女人；他們還會欣賞菲蘭特的虔誠，因爲他既不喜歡女人，也不愛喝酒，卻以篤信宗教而享有和前兩者同樣的樂趣。就這樣，大多數人都上當受騙，以爲他們兼有人類的缺點和優點。

讓我們來下結論吧。器官的排列，纖維的分佈，液體的某種運動，產生了情感的類型、力量的强弱。而不論是在我們生活中最小還是最大的行爲中，這情感和力量使我們興奮，制約著我們的理智，決定著我們的意志。就這樣，造就了富於情感者，謹慎從事者，瘋瘋癲癲者。瘋瘋癲癲者並不比前兩者不自由，因爲他是在按同樣的原則行事。大自然是一成不變的。假定人是自由的，假定使他作決定的是他自己，那這就等於是上帝的行爲了。

讓我們回到與我有關的話題上來。我說過我二十三歲時，母親把半死不活的我領出了寄宿學校。我整個機體日漸衰弱，臉色發黃，嘴唇發紫，猶如一具活僵屍。總之，我回到母親家中時，篤信宗教將使我成爲殺害自己的兇手。母親曾派一位內行的醫生到寄宿學校去看望過我，他首先找出了我的病因。那種神奇的、給我們提供唯一的肉體快樂——即品嚐起來唯一不帶苦澀味的快樂——的液體，我說，排洩對某些氣質來說是必須的，正如供給我們營養的食物所引起的排洩一樣。它竟從原來的脈管倒流出來，進到了與它不相干的別的脈管，這樣一來，勢必引起了整個機體的紊亂。

醫生勸母親給我找個丈夫，以作爲唯一可拯救我生命的治療手段。她委婉地對我談及此事，可是，我沈湎於自己的偏見，而且很自負，便粗暴地回答她，我寧可死掉，也不願以如此可鄙的狀態惹上帝不快。他之所以能容忍，完全是出自寬宏大量。她所能對我說的一切，都絲毫動搖不了我。虛弱的體質使我對這個世界失去任何慾望，我尋思，人們許諾給我的幸福是在另一個世界上。

於是，我以可以想像得到的全部熱忱，繼續我的宗教活動。我曾聽說過許多關於著名的迪拉神父的事。我想見他，他便成了我的神師。而埃拉蒂斯小姐，他最溫柔的懺悔者，則很快成了我最要好的朋友。

關於這兩位馳名人物的事，親愛的伯爵，您是熟悉的，所以我不打算重複公衆所知道而且議論過的一切。不過，我所親眼目睹的一個奇特的行爲，也許會讓您感到有趣，而且會使您相信，如果說，在深知底細的情況下，埃拉蒂斯小姐的確最終投入了這僞君子的懷抱，那麼至少可以肯定，她被他那神聖的淫蕩矇騙了很久。

埃拉蒂斯小姐拿我當她的知己，把她最隱祕的想法都吐露給我。我們之間性情、宗教活動、也許還有氣質的相同，使我們成了不可分離的一對。兩人都是貞節淑女，懷著創造神跡的奢望，一心想要獲得聖女的美名。她對此迷戀到了痛苦的地步，那種始終不渝的精神，足以忍受一切可以想像得到的折磨—假如有人令她相信，這些折磨可以使第二個拉扎爾❶復活的話。而迪拉神父尤其具有這樣一種才能：他想要什麼，就能使她相信什麼。

有好幾次，埃拉蒂斯從某種自誇的口氣對我說，神父只向她一人徹底暴露思想。他們經常在她家裡進行個別交談，而他曾向她保證，上帝曾托夢給他，說她只差幾歲就到達聖潔的境地了。通過這個夢，他已確知，她就要創造最偉大的奇蹟了，假如她繼續奉行美德，進行必要的苦修，一步步走下去的話。

任何狀況下都會有嫉妒和艷羨；而虔信者的狀況也許是最可能引起嫉妒和艷羨的。

埃拉蒂斯似乎覺得我嫉妒其幸福而且並不相信她說的話。其實，我流露出來的是驚訝，尤其是對她所告訴我的和迪拉神父個別交談的內容。迪拉神父總是迴避和我作類似的交談，那是在他的一位懺悔者，同時也是我的女友的家裡。這位女友和埃拉蒂斯一樣，也受過五傷。大概，在尊敬的神父看來，我這副愁眉苦臉相和蠟黃的臉色，並不是一家能夠引起食慾的餐館。而這食慾，對他那宗教活動來說，是必不可少的。我眞不服氣，竟沒有受過五傷！竟不和我作個別交談！我有了情緒，假裝好像什麼都不相信。埃拉蒂斯顯得很激動，建議我翌日早晨就去作其幸福的見證人。

「您將會看到，」她熱烈地對我說，「我的宗教活動具有怎樣的力量，而仁慈的神父又是怎樣通過懺悔，一步步引導我成為一名偉大的聖女的。您再不會懷疑有心蕩神馳、出神入迷這樣的境界，而這樣的境界正是這些活動的結果。為什麼我的榜樣不能施展力量，親愛的泰蕾絲，」她補充道，同時平靜下來，「作為第一個奇蹟，以默禱這一偉大的德行，使您的精神完全脫離物質，好把它寄托在上帝一個人身上？」

按照約定，翌日早晨五點，我去了埃拉蒂斯家。我發現她手捧一書，正在作禱告。

「聖人就要來了，」她對我說，「而上帝與他同在。您藏到那個小房間裡去，從那裡，您可以看到和聽到，由於我們的神師恭恭敬敬地事奉，上帝願對他低賤的創造物仁慈到什麼程度。」片刻之後，有人輕輕地敲門。我躲進了小房間，而埃拉蒂斯拿走了房門的鑰匙。這房門上有個巴掌大的窟窿，還蓋著幅用舊的貝摩❷掛毯。因為掛毯質地疏鬆，我便可隨意地看到整個房間，而不至於被發現。

仁慈的神父進來了。

「您好，我親愛的信奉上帝的姐妹，」他對她說，「願聖靈和聖弗朗索瓦與您同在！」

她想撲到他腳下，可他把她扶起來，讓她坐在自己身邊。

「您生活中應當遵守的行爲準則，」聖人對她說，「我有必要再給您複習一下。不過，您先對我談談您的五傷吧。您胸脯上那塊傷疤還是老樣子嗎？我們來看看吧。」

埃拉蒂斯首先動手露出其左乳房，那塊傷疤就在下面。

「呵！我的姐妹！住手，」神父對她說，「住手。用這塊手絹把您的胸脯蓋上（他遞給她一塊手絹）；這類東西可不是爲我們社會的哪個成員造的。我只要看看聖弗朗索瓦烙在那裡的傷就行了。呵，它還在。得，」他說，「我滿意了。聖弗朗索瓦對您的愛始終如一，傷疤呈朱紅色，而且很純淨。他那段神聖的束腰帶，我倒是想著帶來了。等我們的活動結束之後，會用得著的。我已經對您說過，我的姐妹，」他繼續說道，「我在使您從我的懺悔者，也就是您的同件中脫穎而出，因爲我看出，上帝本人也在使您從他的聖潔的羊羣中脫穎而出，恰如太陽從月亮和其它星球中脫穎而出一樣。正因爲如此，我才不怕向您洩露他那些隱藏得最深的祕密。我已經對您說過，我親愛的姐妹，忘掉您自己，聽任擺佈。上帝想從人那裡得到的只是心靈和精神。唯有忘掉肉體，才能和上帝匯合，成爲聖女，創造奇蹟。我無法向您隱瞞，我的小天使，在我們上次的活動中，我發現您的精神仍然連著肉體。怎麼！您就不能多少學學那些眞福的殉教者嗎？他們被鞭笞，被施鉗烙刑，被烘烤，卻感覺不到絲毫的痛苦，因爲他們一心想的是上帝的榮耀，他們全部的精神都集中在這個目標上。我親愛的女兒：我們在感覺，而且，不論是對肉體還是對精神的好惡觀念，我們都只能通過感覺這一途徑而得到。當我們摸到、聽到或看到某一事物時，精神的微粒便溜進神經的小腔，而神經再傳達給心靈。假如通過默禱的力量，您有足夠的虔誠把身上的精神微粒集中到對上帝的愛上，而且把它們全部作用於這一點，那麼確鑿無疑，就不會剩下任何能把您所受到的肉體痛苦傳達給心靈的精神微粒了：您將感覺不到它們。看看這位獵人吧：因爲一心想著制服他所追逐的獵物，並以此爲快，在穿越森林時，便感覺不到劃傷他的荊棘和帶刺的小樹。您雖不如他强健，但您的目標卻比他的有趣一千倍。假如您的靈魂被您所期待的幸福牢牢地佔據，您還會感覺到苦鞭輕微的抽打嗎？這正是引導我們創造奇蹟的試金石，這也應該是使我們和上帝匯合的完美狀態。我們就要開始了，我親愛的孩子。好好地盡您的本份吧，請相信，借助於聖弗朗索瓦的束腰帶和您的默禱，這虔誠的活動將以一陣難以言傳的快樂而告終。跪下吧，我的孩子，露出惹上帝生氣的那幾部分肉體來。它們所要經受的折磨，將使您的精神和上帝緊密相連。我再說一遍，忘記您自己，聽任擺佈。」

埃拉蒂斯小姐頓時老老實實地服從了。她跪在一張跪凳上，面前放著一本書。然後，她把裙子和襯衣一直撩到腰部，露出兩片雪白的、呈完美的橢圓形的屁股，支撐它們的是兩條比例非常勻稱的大腿。

「把您的襯衣再撩高點，」他對她說，「位置不對。撩到那兒，就這樣。現在，請合攏雙掌，讓靈魂昇到上帝那兒去。使許諾給您的永恆的幸福這一觀念，充滿您的頭腦。」

這時，神父挪過一張凳子，擺在她身後靠旁邊一點的地方，然後跪了上去。他撩起長袍，把它塞在腰帶裡，露出一把粗而長的荊條，遞給這個懺悔者親吻。

我聚精會神地注視著這一幕，內心充滿了神聖的恐懼。我感到一陣難以描繪的顫慄。神父用充滿慾火的眼睛，飽覽著供他觀賞的屁股；當他的目光盯住它們時，我偷聽到他在用讚賞的語氣低聲說：
「呵！美麗的胸脯！多麼迷人的乳房！」
然後，他時而躬身，時而起身，嘴裡嘟噥著某段經文。什麼都逃不過他的淫蕩。幾分鐘後，他問其懺悔者，其靈魂是否已進入靜修狀態。
「是的，我尊敬的神父，」她對他說，「我覺得，我的精神正在離開肉體，我請求您開始神聖的使命。」
「行了，」神父說道，「您的精神就會滿足的。」
他又背了幾段經文，而儀式以在屁股上抽打三下作爲開始。這之後又是一段經文，接著又是抽打三下，只是這三下要略重些。就這樣背了五、六段經文，中間穿插著這類消遣，然後發生的事令我吃驚不已：只見迪拉神父解開其短褲的鈕扣，充分展示出一個通紅的、箭矢樣的物件，這物件就像那不祥之蛇，它曾使我遭受先前那位神師的責備！這怪物已變得那麼長，那麼粗，那麼硬，正如嘉布遣會修士所預言。它使我發顫。它那紅乎乎的腦袋似乎正威脅著埃拉蒂斯的屁股，而這屁股已呈現出最美麗的肉紅色。神父的臉漲得通紅。
「現在，」他說，「您應該是處在最完美的靜修狀態：您的靈魂該是已與感官分離。如果我的女兒沒有辜負我神聖的希望，她就會再也看不到，再也聽不到，再也感覺不到。」

埃拉蒂斯身體的有些部位是裸露的，此時，這殘忍的傢伙便讓一陣抽打落在這些部位上。然而，她一言不發，似乎是靜止不動，對這些可怕的抽打毫無感覺的。我在她身上只看出兩片屁股的抽搐動作，它們一刻不停地在抽緊、鬆開。

「我很滿意您，」在經過了一刻鐘這頓殘酷的苦鞭後，他對她說，「您該開始享受您神聖的勞動成果了。別聽我的，親愛的女兒，但要任人擺佈：把您的臉朝地伏下，我要用聖弗朗索瓦令人肅然起敬的束腰帶，趕走所有留在您體內的不潔之物。」

仁慈的神父果眞使她處於一種實際使人屈辱，而對其計劃而言卻是最適宜的姿勢，從未有人展示過比這更美的了：她的屁股微微裂開，可完全看見供肉體享樂的雙重渠道。

這僞君子凝視片刻之後，用唾沫把其稱之爲束腰帶的物件霑濕，大聲地講了幾句話，其語氣頗具唸驅魔咒的味道，就像一位術士正在爲魔鬼附身之人趕走體內的魔鬼。與此同時，他開始插入。

我所處的位置可以使我絲毫不漏地看到這一幕的情形：發生這一幕的房間的窗戶，正對著我藏身的小房間。埃拉蒂斯剛才跪在了地板上，交叉的雙臂擱在跪凳的踏腳板上，而腦袋靠在雙臂上。其襯衣一直仔細地撩到腰間，能讓我半側面地看見屁股和令人讚嘆的腰下部。尊敬的神父其注意力被這淫蕩的畫面所吸引。他自己也已跪下，雙腿夾著其懺悔者，嘴裡含糊不清地嘟囔著什麼。其短褲褪了下來，手裡握著那可怕的束腰帶。這感化人的姿勢他保持了一會兒，燃燒的目光掃視了一下祭臺，像是拿不準自己要獻上何種祭品。兩個口擺在面前。他貪婪地望著，舉棋不定：對穿他那種長袍的人來說，其中一個是一塊美味食品，可他向其懺悔者許諾過快樂和狂喜的；怎麼辦呢？他竟敢好幾次把其陽具的頂端送向其最喜愛的門，並輕輕地碰它；不過最後謹愼還是戰勝了愛好。我得爲他說句公道話，我淸淸楚楚地看見，他先是用雙手的拇指和食指，小心翼翼地分開朱紅色的陰唇，然後使紅通通的陽具進了那條符合教規之道。這項工作是由三下猛烈的抖動開始的，這使得陽具幾乎進了一半。這時，神父表面的平靜驀地變成了一種狂怒。天哪，多可怕的面部表情！請想像一下一個色情狂的尊容吧：嘴唇佈滿白沫，嘴大張著，有時還咯咯地咬牙，像一頭吼叫的公牛似地喘氣，鼻孔增大且抽動著。其雙手在埃拉蒂斯臀部上面舉著，差四指寬的距離就要挨上了，只見他竟敢把它們貼上去，以取得一個支撐點。他叉開的手指痙攣著，呈閹雞爪狀。他腦袋低垂，發亮的眼睛直盯著支軸的工作，他在仔細推敲，要怎樣來回活動，才不至於在作反向運動時脫離軸套。而在作推進運動時，他的肚子並不挨住懺悔者的屁股，那位通過思索，會猜到所謂的束腰帶是在哪兒固定著。多麼機智！只見那神聖的陽具大約有一英寸總是留在外面，根本沒有縱情玩樂的份。只見神父的屁股每向後一運動，那束腰帶就從其所待之處退出來，一直露到頂端，埃拉蒂斯那個部位的兩片陰唇半開著，呈鮮艷的肉紅色，非常悅目。只見神父通過一個反向運動往前推，此時，那兩片陰唇被一小撮黑毛覆蓋住了，已看不到，卻正好夾住了那枝箭，使它好像被吞沒似的；而且也很難猜出，這支軸屬於兩位演員中的哪一位，他們又是通過什麼，使得彼此被平等地連接在一起的。

親愛的伯爵，對於我這年齡的姑娘來說，這是什麼樣的機械！什麼樣的表演！因爲她對這類祕密尙一無所知！有多少迥然不同的想法在我腦海裡閃過，卻一個也確定不下來。我只記得，有二十次我就要去撲倒在這著名神師的膝下，懇求他像對待我女友一樣對待我。難道這是虔誠運動？又亦或是淫慾運動？這正是我直到現在也無法弄清的。

讓我們回到我們的輔祭中來。神父的運動加速了：他已很難保持平衡。其姿勢是這樣的：他從頭到膝蓋幾乎形成一個S，而肚子在其中對埃拉蒂斯的屁股作橫向運動。埃拉蒂斯作爲支軸充當凹槽的那個部分，引導著整個工作；而兩個頭大的瘤狀物垂在她的大腿之間，似乎是作爲見證人而加入的。

「您的精神滿意了嗎？我的小聖女？」他問道，同時發出一聲嘆息。「對於我來說，我看見天空打開了，足夠的聖寵載著我，我……」

「呵！我的神父！」埃拉蒂斯喊道，「何等的快感在刺激著我！是的，我在享受著天堂裡的幸福；我覺得我的精神已完全脫離了物質：趕吧，我的神父，把留在我體內的所有不潔之物都趕走吧。我看見……天……使……了；再往前推……推呀……呵！……呵……仁慈的……聖弗朗索瓦！別拋棄我；我感覺到束……束……腰帶了……我已吃不消了……我要死了。」

神父呢，他也感覺到快感的高潮即將來臨，結結巴巴地講著話，推進著，喘著氣，發出呼哧呼哧聲。終於，埃拉蒂斯的最後幾句話是他撤退的信號，只見神氣活現的蛇變得低聲下氣、俯首貼耳了，帶著一身的白沫，從套子裡退了出來。

一切都迅速恢復原狀。而神父一邊讓長袍落下，一邊步履踉蹌地上了埃拉蒂斯離開的跪凳，他在上面假裝開始禱告，並吩咐其懺悔者起身，穿衣，然後來和他一起感謝上帝剛才賜恩於她。

最後我再對您說什麼呢，親愛的伯爵？迪拉出去了，而埃拉蒂斯打開小房間的門，撲過來摟住我的脖子，和我交談起來：

「呵，我親愛的泰蕾絲，」她對我說，「爲我而感到高興吧：是的，我看見天堂的門開了，我分享了天使的幸福。眞不知有多快活呢，我親愛的朋友，就因爲受了那麼一會兒罪！由於那根神聖的束腰帶的功效，我的精神差不多已脫離物質了。您已經看到，我們仁慈的神師是從哪兒把它伸到我體內的。噯，不騙您，我覺得它一直進到了我心裡，恩惠的等級再高一點，別不信，我就永遠進入天國啦。」

埃拉蒂斯又對我說了一大堆別的話，那語氣，那生動的表情，都不容我懷疑，她眞的享受到了極大的幸福。我感動已極，一向她表示完祝賀，便懷著十分激動的心情，吻了吻她出去了。

流弊是從設立在社會上的那些最受人尊敬的機構中產生的。對此我思緒萬千！這修士把其懺悔者引向自己那下流無恥的目的，其手段是多麼巧妙！他使她頭腦發熱，想當聖女，並令她相信，只有使精神脫離物質才能達到。然後，他引導她挨一頓猛烈的苦鞭，說是必須這樣才能試驗出她的虔誠：這儀式是一個合僞君子口味的餐館，正好用來恢復他那勃起神經被減弱了的彈性。「您應該什麼也感覺不到，」他對她說，「什麼也看不到，什麼也聽不到，如果您完全進入靜修狀態的話。」通過這種方式，他確信她不會回頭，根本看不到他那下流無恥的行爲。用鞭子抽打屁股，是爲了使精神集中到他要進攻的那個部位：鞭打使他周身發熱，而最後，他準備了聖弗朗索瓦的束腰帶這一著。它要插進去，趕走所有留在其懺悔者體內的不潔之物。這樣一來，那位言聽計從的新信徒所帶給男人的恩惠，他便可放心大膽地享受到了。她以爲自己是沈浸在一種純精神的絕妙的狂喜之中，卻不知當時是在享受最淫蕩的肉體快感。

迪拉神父和埃拉蒂斯小姐的風流韻事，全歐洲都已知曉，大家都推究過，但這件事的底細卻鮮爲人知，雖說它已成爲M……和J……兩個家族之間的派系糾紛。已被談論過的事，我這裡不再重覆；所有的訴訟程序您都了解，您見過呈文，見過證明文件，因爲這些東西都公佈過；而且，您也知道結果如何。以下的是我自己知道的一點點情況，未包括在我剛才給您彙報的事實裡。

埃拉蒂斯小姐和我年紀相仿。她出生在沃爾諾，其父是商人。她來本城定居後，我母親便與她家爲鄰。她身材勻稱；皮膚特別好，白晰得令人銷魂；頭髮烏黑發亮，如煤玉一般；眼睛很美；神態則像童貞女。我們童年時很要好，我進了寄宿學校後，便與她不再往來。她最大的慾望是使自己與衆不同，讓人談論她。這種慾望加上溫柔的本性，使她選擇了篤信宗教來作爲實施自己計劃的最佳方法。她愛上帝，一如人們愛自己的情人。我再見到她時，她已是迪拉神父的懺悔者，只談默禱、靜修、祈禱。這便是本城信仰狂熱者的風格。她舉止端莊，素有貞淑女子之稱。埃拉蒂斯不乏才智，可她只用來滿足自己創造奇蹟的奢望。凡是迎合這種奢望的，對她來說便成了無可置疑的眞理。這便是人類之弱點：每個人的最大慾望總是淹沒所有別的慾望。他們只按這種慾望行事，而這種慾望妨礙他們去領會那些再明確不過、該是用來將其消除的觀念。

迪拉神父出生在洛德。他搞風流韻事時，大約五十三歲。他的長相，是我們的畫家賦予森林之神❸的那種。儘管長得奇醜，相貌中卻透著某種聰明。他眼睛裡流露出淫蕩和猥褻，而從其行爲舉止來看，他似乎只惦念著拯救靈魂和維護上帝的榮譽。他在講道方面頗有才能；其勸導、談話充滿甜言蜜語和熱忱。他有說服人的技巧。他天生富有才智，而他把這才智全部用於獲得使人信教者的聲譽。的確，選擇在其指導下作懺悔的上流社會的太太和小姐們，人數十分可觀。

可見，這神父和埃拉蒂斯小姐性格及觀點的相似，足以把他們連接在一起。因此，前者一出現在沃爾諾——其聲譽已先於其本人到達——埃拉蒂斯小姐就投入了其懷抱，可以這麼說。他們剛一相識，彼此便視對方爲給自己增光添彩的合適人選。埃拉蒂斯起先肯定是誠心誠意的，可是迪拉卻知道該怎麼對付：他這位新懺悔者可愛的臉蛋迷住了他，於是他朦朧地預感到，他也將迷住對方，並輕而易舉地欺騙一顆順從、溫柔而充滿偏見的心，一個乖乖地、堅信不移地接受可笑的暗示和神祕主義勸導的頭腦。因此，他擬定了計劃，一如我上面描述的那樣。計劃的頭幾項確保他能從鞭打中得到淫蕩的消遣。有一段時間，他也將此用於別的懺悔者。直到那時，他和她們的色情娛樂也僅限於此。可是，埃拉蒂斯結實、富有曲線、白晰的屁股使他的頭腦大大發熱，於是他決定越過雷池。大人物能越過最大的障礙：這位便想出了採用聖弗朗索瓦之束腰帶這一手。這聖物插入後，定能趕走所有留在其懺悔者體內的物質性的不潔之物，並將她引入心醉神迷的境界。當時他還想出了五傷，即模仿聖佛朗索瓦的那一套。他把自己從前的一位懺悔者召到沃爾諾，那位深得其信任，並在深知底細的情況下，幹了一些他暗中針對埃拉蒂斯的事。他認爲埃拉蒂斯太年輕，太熱衷於創造奇蹟，不可將自己的祕密冒然告訴她。

那位上年紀的懺悔者到了。由於篤信宗教，她很快結識了埃拉蒂斯，並爲其主保聖人聖弗朗索瓦，竭力向對方灌輸一種特殊的篤信方式。她配制了一種能造成類似五傷那種傷的水，而在復活節前的那個星期四，以耶穌最後的晚餐爲藉口，老太婆給埃拉蒂斯洗了腳，在上面抹了那種水。那水奏效了。

兩天後，埃拉蒂斯告訴老太婆，她每隻腳上都有一處傷。

「好福氣！您眞光榮！」那位喊道，「聖弗朗索瓦把他的五傷傳給您了：上帝想讓您成爲最偉大的聖女。讓我們來看看，是不是像我們偉大的主保聖人一樣，您的胸側也能留下傷。」

然後，她把手伸到埃拉蒂斯的左乳房下，照樣抹上那種水。翌日，新傷出現了。埃拉蒂斯不忘把這奇蹟告訴神師，那位怕引起哄動，便囑咐她要謙虛，別聲張。結果白搭：她最大的慾望就是滿足自己當聖女的虛榮心。於是她未能掩飾自己的快樂：她對人吐露了隱情。其五傷引起了反響，神父所有的懺悔者都願意受五傷。

迪拉覺得，有必要維護自己的聲譽，但同時要箝制住公衆，免得他們把注意力集中在埃拉蒂斯一個身上。由於其他幾位懺悔者，也用同樣的方法受了五傷：他們全都成功了。

此時，埃拉蒂斯獻身於聖弗朗索瓦；神師叫她放心，他本人已得到百分之百的信任，可以替她說情。他補充道，靠了這位聖人的一截粗繩，他已創造了許多奇蹟。這段粗繩是耶穌會的一位神父從羅馬捎來的，靠了這聖物的功效，他已趕走了好幾位魔鬼附身者體內的魔鬼，根據情況，或將其伸進她們的嘴裡，或插進她們的下身通道。最後，他給她看了，原來不過是一根相當粗、長八英寸的繩子，上面塗了些使其發硬、發挺的乳香。深紅色的天鵝絨裹在外面，充當其專用套。總之，這是修女們使用的一種器物，稱爲陽物器。這大概是經迪拉要求，某位年邁的女修道院院長送給他的。不管它是用什麼做的，埃拉蒂斯好容易才被准許謙恭地吻這聖物。神父還肯定地說，教外人士是不能用手碰的，否則就是犯罪。

就這樣，親愛的伯爵，通過逐步引導，迪拉神父使新懺悔者遭受了其下流無恥的玩弄，時達好幾個月，而她們卻以爲是在享受一種純粹是精神和天堂裡的幸福。

所有這些情況我都是從她那裡得知的，當時案子已經判決了一段時間。她向我吐露，這是某位修道士（他在此案中起了重要作用）爲她撥開了迷霧。他年輕，英俊，身材勻稱，狂熱地愛著她，是她父母的朋友，他們經常在她父母那裡一起吃飯。他博得了她的信任，進而揭穿了迪拉的無恥面目。通過她對我說的那些話，我明顯地意識到，她當時已誠心誠意地投入了好色的修道士的懷抱。我甚至還隱約看出，他並沒有敗壞他那個修會的聲譽，而且，通過一種令人愉快的形式，比如像通過反復開導，他大大補償了其新信教者所作出的犧牲；她使他獲悉了那位老德洛伊教祭司每週一次的欺騙行徑。

在兩廂情願的情況下，修道士運用了其性器官。於是埃拉蒂斯意識到自己曾錯把迪拉那根假束腰帶當成了眞的。頓時，這溫文儒雅的示範使她感到，自己曾被粗魯地欺騙了。她的虛榮心受到了傷害，而復仇之心導致她作出了您已知道的過火行爲，而且是和自負的修道士聯手幹的。那位除了受派性驅使，還嫉妒迪拉以欺騙手段從其情人那裡嘗到了甜頭。在他看來，她的魅力是一筆專爲他而創造的財富，這顯而易見的欺騙行爲，他認爲是衝他而來的，他自以爲是受到了一種儆戒性的懲罰。而唯有其垂涎已久的情敵的烤肉，才能平息其怨恨情緒，滿足其雪恥之心。

我上面已說過，迪拉神父離開埃拉蒂斯的臥室後，我也就回家了。我一進自己的臥室，便曲膝下跪，懇求上帝大發慈悲，讓我也受到我女友那樣的待遇。我情緒激動得近乎瘋狂，一股內火正在吞噬我。我時而坐著，時而站著，常常是跪著，竟找不到可以使自己固定的位置。我撲到了牀上。那紅通通的器官進到埃拉蒂斯小姐那個部位的情景，在我腦海裡揮之不去。我對此沒有明確的概念，不認爲這是快樂，更不認爲這是罪惡。我終於陷入了極度的空想。這期間，我覺得，那已脫離了另一個對象的器官，正在通過同樣的途徑插入我的體內。我下意識地擺出了所見到的埃拉蒂斯的那個姿勢。由於煩躁不安，我無法保持不動。我的腹部貼著牀，一直滑到牀腳的柱子處。那柱子卡在我的小腿和大腿之間，擋住了我，充當了我那個部位的支撐點，而我那部位正癢得難以想像。柱子在卡住它時，撞了它一下，一陣輕微的疼痛使我回過神來，而那種癢得要命的感覺卻絲毫沒有減退。鑒於我所處的位置，我得抬起屁股才能設法擺脫出來。做這個動作時，我使我那個部位沿柱子而上，又沿柱子下滑，結果產生了摩擦，這摩擦引起了一陣奇癢。我做了第二個動作，又作了第三個，如此等等。這些動作取得了越來越大的成功：猝然，我進入了一種更加瘋狂的狀態。

我既不離開我的位置，也不作任何思索，只是移動起屁股來，其敏捷程度令人難以置信，而且始終沿著那有益於我的柱子下滑。很快，一種極度的快感使我心蕩神馳，我失去了知覺。我昏厥過去，沈沈入睡了。

兩小時後，我醒了，大腿始終夾著我親愛的柱子，俯臥著，屁股暴露著。這個姿勢令我驚訝。剛才發生的事回想起來，就像做夢一般。這時，我覺得比較平靜了，那種神奇的液體排出後，我的精神比較自由了，於是，我對在埃拉蒂斯家所見到的一切，對我身上剛才發生的事，作了某些思索，結果卻未能得出任何理性的結論。在柱子上摩擦過的那個部位，及夾過柱子的大腿上部的內側，此時疼痛難忍。我大膽地看了看，儘管我從前在寄宿學校的神師禁止我這樣做。但是卻始終不敢下決心用手去碰，因爲這對我是絕對不允許的。

當我檢查完畢，我母親的女僕來通知我，說是C……夫人和修道院院長T……先生來了，他們要在這裡吃飯，而我母親要我下樓去陪客，於是我便去見了他們。

我有一陣子沒見到C……夫人了，儘管她爲我母親做了許多好事，給她幫過大忙，而且她名聲很好，是個虔誠女子。她對迪拉神父那些道德行爲準則的反感，對其神祕主義勸導的反感，使得我不再經常去看她，以免惹我神師生氣：他那人在信條方面不好通融，而且也根本不希望其信徒們和別的神師，即其競爭者的信徒們混在一起。他大概是怕我們吐露隱情，怕事情眞相大白。總之，這是他反覆叮囑的一個先決條件，也是爲其每個信徒所嚴格遵守的。

其時，我們入了席。晚飯吃得很愉快。我感覺比平時好多了：我不再萎靡不振反倒生氣勃勃，我的腰也不痛了，宛若換了一個人。和平時教士們和虔信者們進餐時的情況相反，這一回大家閉口不說他人的壞話。修道院院長T……才智橫溢，而學識更是淵博。他給我們講了許多有趣的小故事，它們並不涉及任何人的聲譽，卻把快樂送到每位在座者的心裡。

喝過香檳和咖啡後，母親把我單獨拽出來狠狠地申斥了一番，說我一段時間以來不大注意保持和C……夫人的友誼，也不去努力討她的歡心。

「這位夫人爲人很好，」她對我說，「我在本城能受到這一點點尊重，還不全靠了她。她的德行、才智、學識，使所有認識的人都器重她、尊敬她：我們需要她的保護。我希望，而且命令您，我的女兒，拿出您的全部力量來，別讓我們失去她。」

我回答母親，我會盲目服從其意志的，對此她不該懷疑。唉！我會從那位夫人處接受什麼樣的教誨，這可憐的女人是幾乎猜想不到的，因爲那位夫人的確享有最高的聲譽。

我和母親又加入了小圈子。片刻之後，我走近C……夫人，爲自己不大按時去拜訪她而致歉。我請求她允許我糾正這個錯誤。我甚至力圖詳談使我犯錯誤的原因，可C……夫人打斷了我，不容我把話說完。

「您想對我說什麼，」她仁慈地說，「我全知道。還是別談那些與我們無關的話題吧。人人都認爲自己有理，也許，那些理由也是完全對的。但有一點可以肯定，那就是，我始終都會非常樂意見到您，而且，爲了開始使您相信這一點，」她提高嗓門補充道，「今晚我要帶您和我一起去吃飯，您不反對吧？」她對我母親說，「只是，您要和院長先生一起來參加聚會噢。你倆現在各有各的事，忙你們的去吧。至於我，我要帶泰蕾絲小姐去散步了。聚會的時間和地點你們可是知道的。」

我母親滿心歡喜：迪拉神父的那些道德行爲準則根本不合她的意。她一直在懷疑我有寂靜主義傾向，她慶幸C……夫人的開導將改變我的這種傾向。也許，她們是在一唱一和。不管怎樣，反正她們很快就得逞了，而且超出了她們的希望。

於是我們出去了，就C……夫人和我。可沒等走上百步路，我剛才一直感覺到的疼痛，竟成了劇痛，我都快支持不住了。我的身體歪扭得厲害，C……夫人看出來了。

「您怎麼啦，」她對我說，「親愛的泰蕾絲？您好像不舒服。」我說沒什麼，可這白搭，女人們生來就好奇。她問了我一大堆問題，弄得我十分尷尬，而這並沒有逃過她的眼睛。

「您是否也受了我們那著名的五傷啦？」她對我說，「您兩隻腳都快站立不住了，您的樣子很狼狽。來，我的孩子，到我花園裡來吧，在那裡您會平靜下來的。」

我們就在她的花園附近。我們一進去，就在一間可愛的，座落在海邊的小屋裡坐下了。

C……夫人先是泛泛而談，然後便又問起我是否真的受過五傷，還問我覺得迪拉神父的指導如何。

「不瞞您說，」她補充道，「我對這類奇蹟感到十分驚訝，所以，我忍不住想親眼看看它是否真的存在。得了，親愛的孩子，」她說道，「把一切都告訴我吧。給我講講，這些傷是怎麼出現，又是在什麼時候出現的：您應該相信，我不會濫用您的信任，而且我認爲，您對我有足夠的瞭解，不至於會懷疑這一點。」

如果說女人們好奇，那她們還愛說話：後面這個毛病我也有點；再說，幾杯香檳酒下去，我頭腦已經發熱，而且我又疼痛難忍，所以用不著怎麼勸，我就決定和盤托出。我首先直截了當地回答C……夫人，我沒有福氣躋身於上帝的選民之列，不過當天早晨我看見埃拉蒂斯的五傷了，而且尊敬的迪拉神父當著我的面還檢查了它們。C……夫人急忙又提出了新問題。她一點一點地、由此及彼地、含而不露地鼓勵我向她彙報，不僅彙報我在埃拉蒂斯那裡見到的情形，而且還彙報在我臥室裡發生的事，以及由此而引起的疼痛。

在作這番奇特的敍述時，C……夫人很謹愼，沒有流露出絲毫的驚訝。我說什麼她讚許什麼，旨在鼓勵我說出一切。當我辭窮，不能概括地講出自己的所見時，她便要求我加以描述。這些淫蕩的描述出自我這麼大、這麼單純的女孩子之口，想必讓她大大震驚了一番。這麼多下流無恥的行爲，由人鄭重其事地講述，又由人嚴肅認眞地聽取，恐怕是前所未有的。

我一說完，C……夫人就陷入了嚴肅的思考。對我提出的某些問題，她僅用單音節回答。等回過神來，她對我說，她剛才所聽到的一切，的確很特別，值得引起極大的注意。她以後會告訴我，她對此有何想法，而我又該作何決定。眼下我首先應該考慮減輕疼痛感，方法是用熱酒敷被牀柱子擦傷的部位。

「親愛的孩子，」她對我說，「您剛才告訴我的事，可別對您母親，也別對任何人，更別對迪拉神父提起。這裡面好壞都有。明天早上九點左右來我這兒，我還要對您進一步說說此事。請信賴我的友誼，您心地善良，爲人厚道，所以您完全得到了它。我看見您母親走過來了，我們去迎上她。談別的事吧。」

一刻鐘後，修道院院長T……先生也進來了。在外省，晚飯吃得很早。七點半鐘，開飯了，我們入了席。

在飯桌上，C……忍不住挖苦了迪拉神父幾句。院長顯得很詫異，他委婉地責備了她。

「爲什麼不讓每個人持有適合於自己的行爲？」他繼續說道，「只要完全不違背現有秩序就行了。迄今爲 止，我們還沒有看出迪拉神父有什麼違背之處！請允許我不贊成您的意見，除非今後有什麼事件能證明，您想告訴我的對該神父的看法是對的。」

爲了不至於被迫作出回答，C……夫人巧妙地改變了話題。十點左右，席散了，C……夫人對院長先生耳語了幾句。他和我們母女倆一起離去，並把我們送回了家。

對呀，親愛的伯爵，C……夫人和院長T……先生是怎麼回事，您是知道的，我想，現在該告訴您一點我的看法了。

C……夫人出身貴族。十五歲時，其雙親強迫她嫁給一年屆六十的老海軍軍官。婚後五年，那位辭世了，撇下了已有身孕的C……夫人。那是個男孩，出世時差點沒要了其生母的命。那孩子在三個月後夭折了。這樣一來，C……夫人便成了一筆相當可觀的財產的繼承人。孀居，貌美，二十歲時便能自己作主，因此，她很快便成了本省所有求婚者的追求對象。可是，她解釋了自己的打算：在生頭胎時，她曾奇蹟般地死裡逃生，所以她絕不會再去冒這種險。如此之實際，連最殷勤的求婚者也打了退堂鼓。

C……夫人富有才智，凡事有一定之見，因爲她是在深思熟慮後才採納的。她博覽羣書，喜歡就最抽象的話題進行交談。其品行無可指責。作爲最重要的朋友，只要一有可能，她就提供幫助。我母親也曾是受益者。她當時二十六歲。我以後會有機會給您描繪其人的。

修道院院長T……先生，是C……夫人的私人朋友，同時也是其神師。此人具有眞正的價值。他年齡在四十四至四十五歲之間；個子矮小，但身材勻稱，面容開朗，才智橫溢，注意遵守符合自己身份的禮節，爲有敎養者們的聚會所喜歡和尋求的對象，而他則使他們感到十分快樂。除了才智橫溢，他還學識淵博。其公認的優點使他得到了現職，而關於這方面，我在此必須保持沈默。他是有價值者們的懺悔神父和朋友，而且不分性別。就像迪拉神父，他是專職虔信者，熱情擁護者、寂靜主義者和宗敎狂們的懺悔神父和朋友。

翌日早晨，我按約定的時間又去了C……夫人家。

「嗳！親愛的泰蕾絲，」她邊說邊進來，「您那不幸的小部位怎麼樣啦？晚上睡好了嗎？」

「全都好多了，夫人，」我對她說，「是按您的囑咐做的。都用熱酒敷過了。這樣一來，我就不那麼疼了。但願至少沒冒犯上帝。」

C……夫人微微一笑。讓我喝過咖啡後，她說道：

「您昨天告訴我的事，其後果之嚴重，是您所想不到的。我認爲應當去對T……先生說。他此時在告解座等您。我一定要您去找他，把昨天對我說的，一字不差地再對他說一遍。他爲人正派，主意正，您正需要他。我想，他會給您規定一種新的行爲方式，這對拯救您的靈魂和恢復您的健康都是必要的。我所知道的這一切，要是讓您母親獲悉了，她會傷心死的；因爲我無法向您隱瞞，您在埃拉蒂斯家所見到的事裡面有可恥的行爲。泰蕾絲，去吧，向T……先生去表示您對他百分之百地信任……您不會爲此後悔的。」

我哭了起來，渾身顫抖著去找T……先生，他一瞥見我，便走進了告解座。我對T……先生毫無隱瞞。他凝神地聽我說完，僅就其不明白的細節要求我作些解釋時才打斷我。

「您剛才告訴了我一些令人吃驚的事。迪拉神父是個騙子，是個卑鄙無恥的傢伙，他放縱了自己的情慾：他在走向毀滅，而且也將導致埃拉蒂斯小姐的毀滅。然而，小姐，與其責備他們，不如憐憫他們吧。我們並不總能抵禦得住誘惑的。我們生活中的幸與不幸往往取決於機遇。要注意避開他們：不要再見迪拉神父和他所有的懺悔者，也別說任何人的壞話；這是愛德所願。和C……夫人要常來往，她過去對您很友好，以後也只會給您忠告和好榜樣。

「孩子，我們現在來談談您在那個部位感到的奇癢，就是您昨天在牀柱子上摩擦過的部位。這是情慾的需要，和餓了要吃、渴了要喝同樣地自然：不必去尋求也不必去激發；不過，您一旦感到這種需要十分迫切時，可用手，用手指摩擦，以使那個部位感到舒服，這樣做，之於它是必要的，也沒什麼不妥。但是我明確禁止您把手指伸進那個口裡；而現在，您只需知道，有朝一日，這會在您未來丈夫的心目中造成對您的不良印象。另外，像這種情況，我再重複一遍，是大自然永恆的法則在我們身上激起的需要，而我開給您用來緩解此種需要的藥，也同樣得自於大自然之手。那麼，既然我們確信自然法則是上帝制定的，那我們用他置於我們身上的手段去緩解這種需要，又怎會唯恐冒犯他呢？要知道，這手段是他的產物，尤其是當它根本不會擾亂現有社會秩序時。親愛的孩子，這和發生在迪拉神父和埃拉蒂斯小姐之間的事是兩碼事：那位神父欺騙了他的懺悔者，差點沒讓她當上母親，他以用來繁衍後代的男人的性器官，代替了那根捏造出來的聖弗朗索瓦的束腰帶。因此，他違背了自然法則，而自然法則要求我們愛他人如同愛己。他那樣做，却使埃拉蒂斯小姐有可能喪失名譽，並終生蒙受恥辱，難道是愛他人嗎？神父的那個性器官插入其懺悔者的陰部，而且在裡面動來動去，這您都看見了。這兩個程序便構成了製造人類的機械，而且是只有在婚姻狀態下才被許可的。在做姑娘的狀況下，這個學動會擾亂家庭的安定，損害公衆的利益，而這兩者都是應當永遠尊重的。因此，只要您不受神聖的婚姻的約束，那就千萬要小心，不能容許任何男人這麼幹，不管對方採取什麼態度。我規定您用的藥會減弱您過度的性慾，抑制激發它的慾火。這藥將很快使您弱不禁風的身體恢復健康，並使您豐滿起來。到那時，您可愛的臉龐必然會給您招來一些情人，他們會想方設法引誘您。您一定要有所戒備，別忘了我給您的忠告。今天說得夠多的了，」這位明智的神師說，「您一週後來找我，時間不變。您至少要記住，在告罪亭裡說的話，對懺悔者和懺悔神父來說應該同樣地神聖，如果向任何人洩露一星半點，那便是極大的罪過。」

聽了我新神師的告誡，我心裡好受多了，看到其中似乎有眞理，有某種典雅的論證，有種愛德原則，我因此覺得，在此之前所聽到的都是荒謬可笑的。

我思索了一整天。晚上，臨就寢前，我準備用酒敷一下擦傷的部位。我對看和撫摸自己不再感到不安，於是，我把衣服撩起，坐在牀沿上，盡量把大腿叉開，專心致志地研究起使我們成之爲女人的那個部位來。我把陰唇微微撥開，用手指尋找那個口，迪拉神父就是由此把一個那麼粗的陽具插入埃拉蒂斯體內的。我發現它了，卻無法相信這就是它∶它小得使我拿不準，於是我企圖伸進手指去，這時我驀地憶起了T……先生的禁令。我連忙把手縮回來，又沿著那個裂縫往上摸。我遇到了一個突起，不由得一顫，便停住了：我摩擦了一番，結果便很快達到了快感的高潮。多幸運的發現呵！對於一個體內有著那種源源不斷、必不可少的液體的姑娘來說。

我在肉體快感的激流中暢游了近半年。在此期間，未曾發生任何値得在此一表之事。

我的身體完全康復了：由於我新神師的關照，我的良心很安寧。他給予我睿智的、結合著人的情慾的忠告。我很有規律地每逢星期四在告罪亭見他，而我每天去C……夫人那裡。我已離不開這位和藹可親的女子。我精神上的蒙昧無知正在消失：漸漸地，我已習慣於作徹底的思索和推理。什麼迪拉神父，埃拉蒂斯，對於我都不復存在。

造就靈魂與精神的榜樣和教誨無不來自於大師！如果說他們的確沒給我們什麼，每個人自身就孕育著一些能力傾向，那麼至少可以肯定，是他們幫著發展了這些傾向，幫著我們領會那些我們可以接受的思想和感情，而這些思想和感情，若沒有榜樣，沒有教誨，會始終被束縛、包裹住。

其時，我母親繼續從事批發生意，但很不成功：人家欠她很多，而巴黎的一位批發商正面臨破產，她得跟著蒙受損失，這有可能使她破產。經過一番考慮，她決定到這美好的城市去走一趟。這位慈母愛我太甚，無法忍受在一段也許會很長的時間裡見不到我，便決計讓我與她同行。唉！可憐的女人哪裡會料到，她將在那兒結束其鬱鬱寡歡的一生，而我，則將在親愛的伯爵的懷抱裡，重新找到我親人們幸福的源泉。

我們決定一個月後啓程。而這段時間，我要和C……夫人去其離城僅四公里的鄉間別墅度過。修道院院長先生一般每天都去那裡，並在那裡過夜，如果其職責允許的話。兩人對我百般友好；他們不再怕當我面講相當放肆的話，不再怕談道德、宗教方面的內容，談玄學問題，而其見解與我過去所接受的原則大相徑庭。我看出，C……夫人很滿意我的思維和推理方式，而且，她引以爲樂的是，通過一步步的推論，把我引向明擺著地、顯而易見的證據。不過有幾次，我傷心地發現，院長T……先生向她示意，別在某些問題上扯得太遠。這一發現使我感到屈辱。我決心作一切嘗試來了解他們想瞞著我的事。直到那時爲止，對使他們聯合一致的相互間的溫情，我並沒有產生絲毫的懷疑。很快我就如願以償了，正如您就要得知的那樣。

親愛的伯爵，您將會看到，我從中汲取過道德和玄學原則的源泉究竟是什麼。說到道德和玄學原則，您曾對它們有過濃厚的興趣。而它們使我明白，我們在陽間是什麼；又使我明白，我們在陰間要懼怕什麼。這樣也便確保了人能平靜地度過一生。不過，您正在使此生變得無比快樂。

我們當時是在風和日麗的夏季。C……夫人通常是在早晨五點起牀，然後到花園盡頭的一個樹叢裡去散步。我注意到，T……先生在鄉下過夜時，也去那兒。一、兩個鐘頭後，他們便雙雙回到C……夫人的臥室；而最後，兩位直到八、九點才在房子裡露面。

我決定搶先一步到樹林裡去，並藏在能聽見他們說話的地方。因爲我絲毫未疑心到他們之間有戀情，所以，在看不見他們時會漏掉什麼，我壓根都料想不到。我去認了認場地，選中了一個便於實施計劃的位置。

晚上，吃晚飯時，話題落在了大自然的作用和生產上。

「大自然究竟是什麼？」C……夫人說，「難道是一種特殊的存在物嗎？一切難道不是產自上帝嗎？它莫非是一位次上帝？」

「實際上，您這麼說是缺乏理性的，」T……院長迅速反駁道，同時向她眨了眨眼，「我答應，」她說道，「明晨散步時給您解釋一下，我們應該怎樣看待人類這位共同的母親。時間太晚，別涉及這個問題了。您難道沒看見，泰蕾絲已睏得支持不住了？她怕是感到乏味透了。如果妳倆對此不懷疑的話，那我們就去睡覺；我先唸完日課經，接著馬上就睡。」

院長的建議被採納了：每個人都回到了自己的房間。

翌日，天剛矇矇亮，我就去埋伏。我藏在荊棘叢裡，前面是一個千金榆之類組成的小樹林。一些綠漆木長凳和幾座雕像點綴其中。一個鐘頭過去了，我正等得不耐煩，我的主角們到了，恰恰坐在我藏身其後的長凳上。

「是呵，的確，」院長說著走了進來，「她一天比一天俏麗，乳房鼓得足以塡滿一位正派教士之手，眼睛炯炯有神，反映出她那旺盛的性慾。因爲，她這種樣子，只有在高潮才會有的，泰蕾絲這個小淘氣呀。她利用我准許她用手指來洩慾，每天至少要幹上一次呢。不妨承認，我既是個溫順的懺悔神父，也是個好醫生：我治癒了她的身體和精神。」

「不過，院長，」C……夫人又說道，「你和你的泰蕾絲還有個完嗎？我們來此地是談她那美麗的眼睛和性慾的嗎？我懷疑，輕薄鬼先生，您恨不能代勞，替她來運用您的處方。另外，您知道，我這個人很大度，如果不是預料到這樣做對您有危險的話，會舉雙手贊成。泰蕾絲有頭腦，可太年輕，缺乏社會經驗，信賴不得，我注意到她好奇心特別强。因此，會惹出緋聞來的。若不是有剛才我說的種種不妥，我會毫不猶豫地建議您讓她以第三者的身份，與我們一起作樂。因爲，我們不妨承認，嫉妒和羡慕朋友的幸福是荒唐的，既然他們的幸福絲毫無減於我們的幸福。」

「您說得很對，夫人，」院長說，「這兩種情感只會白白地折磨那些生來不會思考的人。不過應當把羡慕和嫉妒區別開。羡慕是一種與生俱來的情感，屬於人的天性，嬰兒會對自己同類得到的東西心生羡慕。我們得自於自然之手的這種情感的作用，唯有教育才能將其削弱。但就情歡而言的嫉妒，卻不然。這種情感是由我們的自尊心和偏見所引起。據我們所知，有些生性耿直的民族，其男子會把自己的妻子獻給客人享用，正如我們把自己地窖裡的美酒獻給客人一樣。這類島民中的一位男子撫摸那位正享受其妻擁吻的情人，其同胞則爲他鼓掌、慶賀。在同樣情況下，一位法國男子會撇嘴：人人都會對他指指點點，譏笑他。一位波斯男子會用匕首刺死情男情女：大家則為這雙重兇手拍手叫好。

顯而易見，嫉妒不是一種我們得自於自然的情感：這是教育，是一個國家、地區的偏見使然。從幼年時起，一位巴黎姑娘就從書本上讀到，就聽人說起，遭到情人的背叛是不光彩的。人們使一位青年男子確信，一位情婦，一位紅杏出牆的妻子會傷害自尊心，會使其情人或丈夫蒙受恥辱。根據這些逐步推論得出的原則，可以說，嫉妒是後天的，為了一點毫無實際意義的煩惱，這魔鬼徒然地折磨著人類。

然而，我們要把移情別戀和不忠加以區別。我鍾情於某位愛我的女子：我們性格相投，她的容貌，她的快樂，構成了我的幸福，可她離我而去。在此，痛苦不再是由偏見而引起，它是理性的：我失去了一種實際的好處，一種習以為常的樂趣，我無法肯定，日常所有的消遣娛樂是否能彌補得了。而一時的不忠，不過是尋歡作樂、情慾的產物。有時是出於感激，或出於心軟，或出於對他人的痛苦或快樂的敏感。這又會造成什麼妨害呢？事實上，不管人們怎麼說，對此感到不安是不大明智的。有種說法不無道理：這叫『水中一劍』。這類事對我們既無所謂好，也無所謂壞。」

「哦，我猜中您的心思了，」C……夫人打斷了院長T……，說道，「這是在向我徐徐表明，或出於好心，或爲了讓泰蕾絲高興，您將作爲男人給她上一小堂色情課，開一個兩相情願的小藥方，照您看來，這對我既無所謂好，也無所謂壞。親愛的院長，」她繼續說道，「我欣然同意：我愛你們兩個；通過這次試驗，你倆都會有所得，而我，也不會有所失。那我又幹嘛要反對呢？如果我爲此不安，您就會有理由得出結論，讓我只愛自己，只顧個人滿足，只想著如何使自己更滿足，甚至不惜犧牲您可以在別人身上得到的滿足。根本不是這麼回事：把凡是有助於您更幸福的事，變成自己的幸福，這我還不是一點不會。因此，親愛的朋友，您用不著怕我生氣，儘可以折磨泰蕾絲的小陰門：這會對那位可憐的姑娘大有裨益，不過，我再說一遍，您可要謹愼從事呀……」

「荒唐之極！」院長又說，「我向您發誓，我根本沒有想到泰蕾絲。我只是想對您解釋一下那種機械，就是大自然用來……」

「好啦！別再談這些了，」C……夫人反駁道，「不過，提到大自然，你可是答應過我給這位好母親下定義的。我覺得你好像忘了。讓我們來看看，你將怎樣完成這番論證。我認爲你能論證一切。」

「可以呀，」院長說，「不過，我的小媽媽，妳知道在這之前我需要什麼；如果我不幹那種能大大激發我想像力的活計，我就一文不值。別的念頭模糊不清，而且總是被這種念頭淹沒、混淆。我已對妳說過，在巴黎時，我幾乎光埋頭於讀書，搞最抽象的科學研究。當我一感到那種肉體的需要糾纏我時，我就去弄個小姑娘來洩慾，就像去弄個尿壺來撒尿一樣。我對她幹上一、兩次那種重活。我幹那種活的方式，想您是不會願意嚐一嚐的。然後，精神安定了，思想清晰了，我便重新開始工作。我主張，凡是文人，凡是總待在工作室裡的人，若性慾有點旺盛，就應該運用這種對身體和精神健康都必不可少的處方。再說幾句：我認爲，凡是懂得社會責任的正派男子，都應當運用這種處方，以確保自己的性慾不致被激得太强，免得去引誘朋友或鄰人的妻女。」

「現在您也許會問我，」院長繼續說，「那麼妻女們應當如何做。您會說，他們像男人一樣，也有她們的需要，她們也是血肉之軀。然而，她們不可使用同樣的手段：名譽問題，怕對方洩露內情，怕對方笨手笨腳，怕對方使其懷孕，這些不允許她們求助於男人那種處方。再說，您會補充，到哪兒去找那種現成的男人？就像供您洩慾的小姑娘那種。夫人，」T……繼續說，「妻女們可以像您和泰蕾絲那樣做；倘若她們對這一招不夠中意（的確，並非所有的女性都中意，）那就請她們使用這類巧奪天工的工具，即所謂的陽物器。這是一種足以亂眞的仿造物。除此以外，還可借助於想像。總之，我再重複一遍，男人和女人只可謀求不會擾亂現存社會內部的肉體享樂。考慮到社會强加給女人的責任，她們只可享用適合於自己的男子。您不必喊冤叫屈，這沒用，您認爲對個人不公的事，卻保證了整體的利益，任何人都不應企圖違背之。」

「呵，我可逮住您了，院長先生，」C……夫人反駁道，「一位婦人，一位姑娘，不該聽任自己去做那種從男人那裡得知的事，而一位正派男子也不應設法去引誘她們，免得損害公衆利益。而您自己，輕薄鬼先生，爲了把我置於那種境地，您已經糾纏了我上百次，要不是我無法克服怕懷孕的恐懼心理，那活計大概早就幹成了。爲了滿足您個人的快樂，您竟不怕違背您大力鼓吹的公衆利益。」

「又來了！」院長又說道，「您總是老調重彈，對不對，我的小媽媽？幹的時候採取某些措施，根本不會出問題的。我不是早就對您說過了嗎？女人只有三怕：一怕鬼，二怕名聲不好，三怕懷孩子。您不是同意我這個觀點的嗎？我想，您對第一條很坦然；我不認爲您怕我會張揚出去，會不謹愼從事，除此以外，沒有什麼會敗壞名聲；最後，只有在其情人頭腦發昏的情況下才會當母親。然而，通過解釋造人的機械，我已不止一次地向您表明，再沒有比這更容易避免的了：再重複一遍就這話題所說過的。情夫通過冥想，或見到情婦，便處於生兒育女之行爲所必須的狀態：血液、精神、勃起神經，均使其箭矢增大並硬挺。兩人商妥，便擺好姿勢，情夫之箭矢被推進情婦之箭筒；通過雙方部位的相互摩擦，精液被準備好。極度的快感使他們無以自制；而奇妙的神液已準備排出。於是，理智的情夫會控制其情慾，把鳥兒從窩裡取出，用其手或情婦之手，稍稍運動幾下，最終引發精液在體外排出。此種情況下，根本無須怕會有孩子。相反，昏頭昏腦、强暴粗魯的情夫一推到底，在陰道深處排精，而精液進入子宮，再進入輸卵管，胎兒便在那裡形成。就是這麼回事，夫人，」T……先生繼續說道，「既然您要我再重複一遍作愛的機械。您了解我的爲人，難道就不能相信我是一個很謹慎的人嗎！不，親愛的朋友，與此相反的試驗，我已作了上百次，求求妳，讓我今天和妳換個花樣吧。瞧，我這個怪物有多神氣：妳抓住它。對，用手握緊：妳看，它在向妳求饒呢，而我……」

「請別這樣，親愛的院長，」C……夫人立即反駁道，「它會老實的，我向您擔保；您所對我說的，並不能消除我的恐懼心理；而且，我提供給您快樂，自己卻品嚐不到，這不公平。讓我來幹：我要讓這個放肆的小傢伙恢復理智。得啦！」她繼續說道，「您滿意我的乳房和大腿了嗎？你吻夠、摸夠了嗎？爲什麼要把我的袖子捋到臂肘上面呢？先生大概是想看看一隻裸臂的運動吧？我幹得怎麼樣？你不說話！呵！壞蛋！他快活著呢！」

一陣沈默。然後，我突然聽見院長嚷道：

「親愛的媽媽，我忍不住了，再快點，把妳的小舌頭給我，求求妳：呵！它流出……來了！」

他們進行的這番談話可謂使人獲益非淺。親愛的伯爵，想像一下我當時的狀況吧。有二十次我試圖起身，竭力想找個開口好發現目標，可樹葉和響聲總是止住了我。我先是坐著，然後盡量躺下，爲了熄滅正在吞噬我的慾火，我求助於平時的小練習。

院長先生大概把自己收拾了一番。因爲，過了一會兒，他才說：

「的確，想來想去，我的好朋友，您拒不給我所要求的那種享受，是對的。我感受到一種强烈的快感，一種奇癢，我想，如果您由著我幹的話，那麼一切就沈沒在樂趣中了。」

「應當承認，我們都是些很脆弱的動物，很難操縱自己的意志。」

「這我都知道，可憐的院長，」C……夫人說道，「不必再跟我說什麼；可是，告訴我，是眞的嗎，在我們品嚐的那種快樂裡，我們並沒有觸犯社會的利益？而那位理智的情夫，你稱讚他謹愼來著，他把鳥兒從窩裡取出，讓生命之膏流失在體外，這不是也在犯罪嗎？因爲得承認，我們雙方都給社會消除了一位可能對其有用的公民。」

「這番推理嘛，」院長反駁道，「乍聽之下似乎很有理，不過您就會看到，我美麗的夫人，那不過是表面現象而已。沒有任何人類或上帝的法則請我們繁殖人類，更沒有這一類的法則强制我們這樣做。所有這方面的法則都允許青年男女獨身，也允許一羣遊手好閒的僧侶和百無一用的修女獨身。它們還允許已婚男子與其懷孕之妻同房，哪怕流出的精液會喪失做胎之希望。童貞狀況的聲譽要好於婚姻狀況。那麼，那位弄虛作假者，以及那些像我們一樣，從小傻妞那裡享受肉體快樂的人，並沒有比那些僧侶、修女，比所有那些過獨身生活的人多幹了些什麼壞事。基於以上事實，這難道還不能肯定嗎？後者把精液白白地保存在體內，而前者卻將其白白地流失：從社會的角度考慮，他們的情況不正好相同嗎？他們都不爲其提供任何公民。不過，最好我們還是享受一種無損於任何人的肉體快感，白白地流失這精液，而不要將其保存在精管裡，這不僅同樣徒勞無益，而且還始終有損於我們的健康，乃至往往有損於我們的生命。神聖的理性難道不是這樣指點我們的嗎？因此，您看，推理家夫人，」院長補充道，「比起僧侶、修女等贊成的獨身來說，我們的肉體享樂對社會的危害並不更大，所以，我們可以照常進行下去了。」

大概，在這番思索之後，院長便開始動手伺侯C……夫人。因爲，片刻之後，我聽見那位對他說：

「呵！算了吧，下流的院長，收回你的手指，我今天情緒不佳，我們昨天幹的荒唐事還在影響我，我們把這推到明天去吧。再則，你知道我喜歡舒服，喜歡全身放鬆地躺在牀上：這長凳太不方便了，別再幹啦。我現在只要你給我講講大自然這位夫人的定義，你可是答應過的。你現在安定了，哲學家先生，講吧，我洗耳恭聽。」

「講講大自然這位夫人的定義？」院長又說道，「沒問題，在這方面您很快就會懂得和我一樣多的。這是個臆想出來的存在物，而這個詞是毫無意義的。最初的宗教首領、政治家們，因苦於無法向公衆解釋何謂道德的善惡，便臆想出一個介乎於上帝和我們的存在物。他們把我們的情慾、疾病、罪惡，都說成是大自然造成的。的確，不搬出這個救兵，他們又怎能使其制度和上帝的至善取得一致呢？那些偷盜、誹謗、强姦、謀殺的慾望，他們該說成是從何而來的呢？爲什麼百病叢生，殘疾人處處可見？那位不幸的雙腿殘缺者前世對上帝幹了什麼，以致生下來就要一輩子在地上爬行？一位理論家對我們如是說：『此乃大自然之作用。』可大自然是什麼？她可以自行其事，而不受上帝意志的約束嗎？『否。』這位理論家又生硬地說。由於上帝不能夠是惡的製造者，惡就只好因了大自然這一手段而存在。眞是荒謬透頂！我挨了棍打，難道應該去罵棍子？而不應該去罵那個使我感到痛的人？爲什麼不爽快地承認一回：大自然是一個理性的存在物，是一個毫無意義的詞；一切來自於上帝；有損於一些人的肉體痛苦，卻造就了另一些人的幸福；一切都是善；鑒於有上帝，世上也就沒有什麼惡；凡所謂道德的善與惡，只與人類現存社會制度的利益有關，可以意志的角度來說，也與上帝有關。因爲根據基本原則，根據世間存在的一切之運動原理，我們行動必須出自一定的意志。一個人偷盜，就其個人而言是行善，就違犯社會制定的法令而言是作惡。可就上帝而言，他旣沒行善也沒作惡。然而，我承認此人應受懲罰，儘管他是不得已而爲之，儘管我相信，他沒有犯罪或不犯罪的自由，可他應當如此，因爲懲罰一個擾亂現有秩序者，會通過感官途徑，無形中在人的心靈上留下印象，這能阻止人冒險去幹會使他們受到同樣懲罰的事，而這卑鄙無恥者因犯法而遭受的苦刑，應當有助於大衆的幸福，而在所有情況下，大衆的幸福比個人利益更可取。

我還要補充的是，我們甚至不可過於歧視罪犯的至愛親朋及其熟人。以通過這一策略，促使人與人之間彼此喚起對那些行爲和罪行的憎惡，因爲它們會擾亂公衆的安寧：這安寧是我們的稟性、需要、個人福利不斷導致我們去破壞的；而稟性，說到底，它只能通過教育，通過在心靈上留下印象被消除，即通過常來往或常見到的他人這一途徑，或通過良好的榜樣，或通過言談話語；總之，通過與內心感受相結合、引導我們日常一切行爲的外在感覺。因此，應該刺激，應該迫使人們互相激起這種有益於全體幸福的感覺。」

「我想，夫人，」院長補充道，「通過大自然一詞該領會什麼，您現已感覺到了。我打算明晨給您談談對宗教應有的看法。此問題於我們的幸福關係重大。時間太晚，今天不動它了。我覺得，我需要去喝我的巧克力了。」

「好吧，」C……夫人說，同時站了起來，「哲學家先生大概需要補補身子了，因爲剛才我讓他發洩了一番性慾：這樣是對的。」她繼續說，「您做了並說了令人讚賞的事：沒有比您對大自然的評論更精彩的了；不過我很懷疑您在宗教問題上也能讓我看得這麼明白。這一問題您屢屢涉及，卻遠非那麼成功。我這麼說請不要反對。的確，怎樣來論證一個如此抽象、充滿信條的問題呢？」

「這正是我們明天要看看的。」院長回答。

「哦，您可別光論證一番明天就算清了，」C……夫人反駁道，「請注意，我們得早點回我的臥房，在那裡我需要您，也需要我的躺椅。」

片刻之後，他們便打道回府了。我也隨之從一條綠蔭如蓋的小徑回屋去了。我在自己的房間裡只待了一會兒，是爲了換長裙，然後便馬上去C……夫人的房間，我怕院長那裡又講開宗教問題了，這可是我絕對想聽的。大自然問題使我大爲震驚：我清楚地看到，上帝和大自然原本是一回事，或起碼，大自然是在按上帝的直接意志行事。由此，我得出了自己小小的結論，而且也許是有生以來初次開始思考。

我惴惴不安地進了C……夫人的房間。我覺得，我剛才對她幹的那種背信棄義之事，以及我爲之激動的種種思考，她大概發現了。院長T……直盯著我看，我覺得自己完了，可很快，我聽見他半低著嗓門對C……夫人說：

「看看泰蕾絲漂亮不漂亮！她氣色喜人，目光敏銳，相貌越來越顯得有靈氣了。」

我不知道C……夫人回答了他什麼；他倆臉上都漾著笑意。我假裝什麼也沒聽見。整整一天，我都十分留意，始終不離開他們。

晚上回房後，我便擬定了翌日早晨的計劃。因生怕自己不能早早醒來，結果徹夜未眠。淸晨五點，我見C……夫人去了小樹林，而T……先生已在那裡等候。按我頭一天聽說的，她應當很快回臥房，因爲那裡有她提到的躺椅。我毫不猶豫地溜到她的牀和牆壁之間的通道裡躲起來。我坐在地板上，背靠牀頭的牆。我前面垂著牀幃，需要時可稍稍撩開，這樣便可將牀上戲盡收眼底。那躺椅就放在對面的角上，他們說的每個字我都能聽得見。

這樣安頓好之後，左等右等不見人影，我開始擔心自己落空了，正在這時，我的兩位演員進來了。

「好好地親我，親愛的朋友，」C……夫人說，一邊順勢倒在躺椅上，「讀了你那本可惡的《查爾特勒修道院之守門人》，我慾火中燒；裡面的畫像打動了我，它們神態逼眞，令人喜愛，如果不是那麼淫穢，倒是那一類書裡不可多得的一部。今天給我放進去吧，院長，求求你，」她補充道，「我想死了，同意冒出事的危險。」

「我可不同意，」院長說，「爲了兩個正當理由：其一，我愛您，而且我爲人過於正直，不願因這不愼之擧而使您有可能名譽受損，並遭到合理合法的譴責。其二，正如您所見，博士先生如今已不再年富力壯，不是吹牛，而……」

「這我看得再淸楚不過，」C……夫人又說，「這後一個理由是如此有說服力，因此，您其實大可不必借前一個理由來表揚自己。行了！那你至少到我身邊來，」她補充道，一面淫蕩地平躺在牀上，「用你的話來說，讓我們來唸唸小日課經吧。」

「呵！我會盡心盡意的，親愛的媽媽。」院長又說道，他於是站著，有條不紊地露出夫人的胸脯。然後，他把其長裙和襯衣一直撩到肚臍眼上面，接著掰開其大腿，同時稍稍抬起其膝蓋，這樣一來，使其快接近屁股的兩隻腳跟幾乎相接，並撐在牀腳頭。

從我的角度望去，處於這姿勢中的C……夫人部分地被院長擋住了，而那位在親吻其親愛的情婦，而且是輪流地親吻其身體的所有美妙之處。C……夫人則好像一動不動，似乎在沈思冥想，思索肉體享樂的實質，而她已經感到了它的開始。她雙眼半閉，舌頭露在朱唇邊，每一塊臉部肌肉都在性感地抽動。

「別親個沒完了，」她對院長說，「沒見我在等你嗎？我受不了啦。」殷勤的神師沒等對方將有求於他的話重複第二遍，便從牀腳頭溜到C……夫人和牆壁之間，他將左手伸到溫柔多情的C……夫人腦袋下，然後壓住她，嘴對嘴地親她，舌頭做著最性感的小動作。另隻手則忙於最重要的活動：它很熟練地撫摸著、摩擦著顯示我們性別的那個部位，而C……夫人的那個部位布滿許多鬈毛，顏色黑黑的，而且黑得十分好看。院長的手指在這裡扮演著最有趣的角色。

鑒於我的位置，這畫面受光的角度再好不過。躺椅擺得特別有利於我看到C……夫人濃密的陰毛。下面部分地露出兩片屁股，它們自下而上輕輕地擺動，這表明內部在騷動；而其大腿，是所能想像到的最美麗、最豐滿、最白晰的，與其膝蓋一起做著另一個從左到右的小動作，這大概也是在致力於受到款待的主要部位的快樂。而院長的手指，則隱沒在濃密的陰毛中，隨著所有的動作一起動。

親愛的伯爵，我試圖告訴您我當時的想法，可辦不到：我感受太多了，結果反而什麼感受也沒有。我下意識地按所見到的做起來；我的手代替了院長的；我模仿著女友的全部動作。

「呵！我要死了！」她驀地喊道，「插進去，親愛的院長，對……往裡推……求求你，使勁推，推呀，我的孩子，呵！眞舒服！我要融化了……我要暈……過去……了！」

我始終維妙維肖地模仿著所目睹的，一刻都不考慮神師的禁令，也把手指插了進去，雖感到微微有些痛，卻沒有住手，仍拼命往裡推，終於達到了快感的高潮。愛的狂風暴雨過去，隨之而來的是一片寧靜。我像是昏昏沈沈一般，儘管處境尷尬。正在這時，C……夫人走近了我的藏身之處。我以爲被發現了，結果僅受到一點驚嚇而已。她拽了一下鈴繩，要了巧克力，他們邊喝，邊讚揚剛才所品嘗到的肉體快樂。

「爲什麼這種快樂是完全無辜的呢？」C……夫人說，「什麼絲毫無損於社會利益啦，我們這樣做，是出自一種需要，而這種需要對某些氣質來說是正常的，就像餓了要吃、渴了要喝一樣，是必須滿足的。可惜這些話你白說了，您雖已出色地給我論證，我們的行爲均出自上帝的意志，大自然僅是一個毫無意義的詞，它只是結果，上帝才是原因；可是關於宗教呢，您對此怎麼說？它禁止我們享受婚姻狀況以外的肉體快樂。這難道也是一個毫無意義的詞嗎？」

「什麼？夫人，」院長回答道，「我們並不是自由的，我們的行爲都是被必然決定的，難道您忘了嗎？而如果我們不是自由的，我們又怎能犯罪呢？不過，既然您願意，那就讓我們來認眞地談談宗教這一問題吧。我深知您守口如瓶、爲人謹愼；我不怕談自己的看法，尤其是因爲我可以向上帝保證，我是懷著一片誠意，想方設法弄清幻覺之眞相的。就這一重要問題我做了哪些研究，進行了哪些思考，下面我就來概括地談一談。

上帝是仁慈的，我說，其仁慈使我確信，如果我滿懷熱忱地力求弄清，他要求於我的是否是一種眞正的宗教信仰，那麼他是不會令我失望的，我最終肯定會了解這種宗教信仰，否則上帝便是不公平的。他賦予我理智讓我使用，讓我把握自己，我還能更好地將其運用於哪方面呢？

倘若一位眞誠的基督教徒不願意研究其宗教，那他又爲什麼要這樣要求（他正是這樣要求的）一位眞誠的伊斯蘭教徒呢？他們彼此都認爲，他們的宗教已由上帝向他們啓示，一種通過耶穌基督，另一種通過穆罕默德。

我們之所以信教，是因爲有些人告訴我們，上帝揭示了某些眞理。而另一些人也對別的宗教信徒這麼說。該相信誰呢？要想知道，就得研究；因爲來自於人的一切，都應當服從我們的理性。

流傳於世的各種宗教之創始人都自吹，其宗教是上帝啓示於他們的。該相信誰呢？讓我們來研究一下，哪個是眞正由上帝啓示的。由於童年生活和所受的教育，一切都已先入爲主，爲判斷正確起見，首先要爲上帝放棄所有的偏見，然後再用理性之炬來研究此事，而我們的此生與來生之幸和不幸，均將取決於它。我首先觀察到，世界分四部分，而充其量，僅其中一部分的二十分之一是信奉天主教的；其它部分的居民則說，我們是在崇拜一位暢銷人物，是在大量生產上帝；而幾乎所有的神父在其作品中都自相矛盾：這證明，他們並非是受上帝啓示的人。

宗教的一切變化，從亞當起，歷經摩西❹、所羅門❺、耶穌基督，然後是神父們，無不表明，所有這些宗教無非是人類的產物。上帝永遠不變，他是永恆的。

上帝無處不在，然而，《聖經》上卻說，上帝在伊甸樂園裡尋找亞當：『亞當你在哪裡？』上帝在那裡散步，與魔鬼撒旦談論約伯❻，理性告訴我，上帝是不受任何情感約束的，然而，在《創始記》第六章，卻讓上帝說，他後悔造了人；而憤怒並非是無效的。可見上帝在基督教中顯得那樣軟弱無力，以致他無法將人削弱到他所希望的地步：他先是用水，然後是用火懲罰人，而人始終是老樣子；他差遣了衆先知，而人依然如故；他只有一個獨生子，他把他差遣去，又犧牲了他，而人卻絲毫未變。基督教給上帝按了多少可笑之事！

人人都同意，上帝知道在這永恆的期間會發生什麼。可是，有人說，上帝只有在預料我們會濫用其恩澤，幹某些壞事後，才能了解我們幹的這些壞事所引起的後果。由此便可得知，上帝在讓我們降生時，便已知道，我們必將下地獄，並將永無休止地受苦受難。

在《聖經》中可看到，上帝差遣衆先知去警告人，規勸人改惡從善。然而，無所不知的上帝明明曉得，人是根本不會改變其行爲的。那麼，《聖經》是在假定上帝是個騙子。這些觀點又怎能和我們的看法對上號呢？因爲我們確信上帝是至善的。

有人假設上帝是萬能的，是魔鬼的危險對手，可魔鬼不顧上帝的反對，一再奪走其選民中的四分之三，其兒子爲他們獻身，不再爲倖存者們操心。多麼拙劣而荒唐呵！

根據聖經，我們只是因爲受誘惑而犯罪：是魔鬼，上面說，引誘了我們。上帝只需消滅魔鬼，我們便可得救。上帝是多麼不公正，或多麼無能呵！

有相當大一部分天主教使者認爲，是上帝給了我們誡命，但又主張，要想執行，得獲得聖寵才行。而上帝只將此賜予其中意者；然而，上帝又懲罰那些不執行者！多麼矛盾！多麼大逆不道！說什麼上帝愛記仇、好嫉妒、易發怒；又看見什麼天主教徒在向聖徒作禱告，好像這些聖徒無處不在，一如上帝；又好像這些聖徒可以看透人心，並理解他們似的。有像這樣卑鄙無恥的嗎？

爲了上帝無上的榮耀，我們應當無所不做。眞是可笑之極！難道上帝的榮耀是能夠靠想像，靠人的行爲來增添的嗎？難道人可以給他增添什麼嗎？他難道還不能自我滿足嗎？

有些人想像，上帝看見他們吃鯡魚而非肥雲雀，喝洋葱湯而非肥肉湯，吃馬蹄掌而非山鶉，他會更榮耀、更滿意。而如果在某些日子，他們偏愛肥肉湯，上帝將罰他們永世下地獄。眞不知他們是怎麼想像出來的？

無可救藥的弱者們呵！你們竟以爲可以冒犯上帝！難道你們就可以冒犯一位國王，一位親王？倘若他們是通情達理的話。他們會蔑視你們的軟弱和無能。有人向你們宣稱，上帝是位復仇者，而他又告訴你們，復仇是一種罪惡。多麼矛盾呵！有人使你們確信，原諒一種冒犯行爲是一種美德，而他又竟敢對你們說，上帝以永恆的酷刑來報復一種非故意的冒犯⑦！

如果有上帝，那就有崇拜，有人說。然而，在創世前，應當承認，有上帝卻並沒有崇拜。再者，創世以來，有些畜生是不向上帝表示任何崇拜的。如果沒有人，也總會有上帝，有生靈，但卻根本不會有崇拜。人的癖好便是評判上帝的行爲，而且是通過適合於自己的那些。

基督教給人以錯誤的、有關上帝的概念；因爲，按照其觀點，人類之公道，是上帝之公道的反映。然而，按照人類之公道，我們只能指責上帝對其兒子的行爲，對亞當的行爲，對從未受過勸誡之人的行爲，對受洗禮前夭折之兒童的行爲。

根據基督教，應當臻於極端的完美。按其觀點，童貞狀況比婚姻狀況完美：然而，顯而易見，基督教的完美有毀滅人類的傾向。假如神父在講道方面所作的努力卓有成效的話，六十或八十年後，人類就會絕種。這種宗教難道可能是來自上帝的嗎？

讓神父、僧侶、其他人替自己向上帝祈禱，還有像這麼愚蠢的嗎？人們評價上帝，一如評價國王。

上帝使我們降生，是爲了讓我們只做違背大自然、使我們在這世上變得不幸之事，他要求我們拒絕所有能滿足他賦予我們的感官、慾念之事！相信這些，豈不是荒謬之至！一位暴君，從我們呱呱墜地那一刻，直到我們與世長辭之時，始終在窮追不捨地迫害我們，像這樣子，他還能再幹什麼呢？

爲了做一名完美的基督敎徒，應當愚昧無知，應當盲目相信，應當放棄一切快樂、榮譽財富，應當拋棄親朋好友，應當保持童貞，一句話，應當做一切違背大自然之事。然而，這個大自然卻無疑是按照上帝的意志運行的。宗敎把什麼樣的矛盾，按在了無比正確、無比仁慈的上帝身上！

既然上帝是萬物的創造者和主宰，我們就應當按照上帝在創造它們時所規定的用途來使用它們，而且將它們用於上帝在創造它們時所確定的目的；我們這樣做，如果是通過他賦予我們的理智和感情，就能了解其計劃和目標，並使它們與人類，與我們所在國的現存社會之利益取得一致。

上帝造人可不是爲了讓他遊手好閒：他得有事可幹，而此事既要對他個人有利，也要對公衆有好處，上帝並非只希望某些個人幸福，他希望全人類都幸福。所以，我們得盡可能地互相效勞，只要這樣做不摧毀現存社會的某些支系就行：正是這後一點應當引導我們的行動。在我們所做的事情中，在保持我們自身狀況的同時，還要盡我們全部的責任；其餘的只是空想、幻覺和偏見。

所有的宗教，毫無例外，都是人類的產物；沒有一個沒有其殉教者和所謂的奇蹟。我們宗教的殉教者和奇蹟，又能比其它宗教的多證明什麼呢？

宗教的創立首先是出於懼怕。雷電、暴風雨、大風、冰雹，毀掉了水果和穀物，而這些東西養活著散布在地球表面的原始人。他們在這些天災面前束手無策，便只好求助於祈求某種東西，因爲他們承認它比他們强大，並認爲它打算折磨他們。後來，誕生於各個時期、各個地區的野心家、大天才、大政治家們，利用了人民的輕信，宣布了一些通常是稀奇古怪、反覆無常、專橫暴虐的神靈，創立了宗教信仰，著手建立了他們可成爲其首領、立法者的社會。他們意識到，爲了維持這些社會，他們的每位成員必須經常犧牲其個人的慾望及快樂，以利他人的幸福。因此，必須考慮要有一種相當於獎勵和懲罰的東西，好讓人有所期望和懼怕，從而決定作出這些犧牲。於是，這些政治家們便設想出了宗教。所有的宗教都許諾給予獎勵，並宣佈施以懲罰，這促使一大部分人抵制自己的天性：不佔有他人的財產、妻女，不報復，不誹謗他人，不玷污他人的聲譽，以使自己的聲譽更加卓著。榮譽於是便與宗教相聯。這東西和宗教同樣虛幻，卻同樣有益於社會和每個個人的幸福，它被設想出來，是爲了用同樣的原則，把一定數量的其他人限制在同樣的界限內。

上帝是有的，他是世上萬物的創造者和主使者。這點我們絲毫不用懷疑。我們是萬物之中的一份子，我們只按照上帝賦予的運動之基本原則行事。一切都是事先安排好的，必然要發生的，沒有什麼是偶然現象。三個骰子由一位遊戲者來擲，鑒於在皮杯裡作的安排，也鑒於所給予的力量和運動，肯定會顯示這樣或那樣的點子。擲骰子便是我們生活中一切行動的寫照。一個骰子推另一個，前者將必需的運動傳遞給後者；一個運動接一個運動，實際便會產生某個點子。人亦如此，由其第一個運動，第一個行動，不可阻擋地決定了第二個、第三個。因爲，人若是想要某種東西竟是因爲他想要，沒什麼可說，這便意味著無中生有。其實很顯然，是某個動機，某個理由，決定了他想要這種東西：而一個理由接一個理由，後者又由前者所決定，人的意志便不可抗拒地必然會作出這樣或那樣的行動，其一生中均如此；而行動之結果，一如擲骰子之結果。

愛上帝吧，並非由於他要求我們如此，而是因爲他是至善的，要怕就只怕人類及其法律吧。讓我們尊重這些法律，因爲它們對大衆的利益來說是必不可少的。而我們人人都是大衆之一員。」

「夫人，」院長T……補充道，「這就是我出自對您的友誼，給您講的有關宗教的問題。這是二十年來工作、熬夜和沈思的結果。在此期間，我懷著誠意，力求把眞理和謊言區別開。

讓我們來下結論吧，親愛的朋友。我們，即您我所品嚐的肉體快樂，是純潔無辜的，因爲旣沒有傷害上帝，也沒有傷害人類，這虧得我們行事機密、審愼。要不是有這兩個條件，我承認，我們會造成醜聞，而且將對社會犯下罪行：我們的例子會引誘一顆顆年輕的心，而這些年輕人因其家庭、門第，注定要從事有益於公衆的職業。而他們也許會玩忽職守，一味地追求肉體享樂。」

「可是，」C……夫人反駁道，「假如我們的肉體快樂是無辜的，一如我現在所設想的那樣，那又何不把品嚐這種快樂的方式傳授給大家呢？何不把您從那玄奧的沈思中得出的結果，告訴我們的朋友、同胞呢？旣然沒有比這更有助於他們的安寧和幸福了。您不是已經上百次地對我說過，最大的快樂莫過於造就幸福者嗎？」

「我對您說的話沒錯，夫人，」院長又說，「可是，我們萬萬不可把眞理洩露給傻瓜們，他們不是無法領會，便是濫用。它們只能被懂得思索的人們瞭解，這些人各種情感十分平衡，所以他們不會被任何一種情感控制。這類男女可謂鳳毛麟角：一萬人中，慣於思索的連二十人都不到；而這二十人中，的確是用自己大腦思索的，或不是受某種佔上風的情感支配的，恐怕連四人也未必找得出。因此，對我們今天檢驗過的這類眞理，得格外愼重才是。由於僅少數人意識到有必要關心他人的幸福，以謀取自己在尋找的幸福，就應該把有關宗教之不足的明證提供給這少數人，而這些明證並不能使大多數人有所行動，卻會使他們不再盡自己的責任，不再遵守教規，其實，在宗教的外衣下，盡責任和遵守教規，只能對社會有好處，因爲人們懼怕永世受懲罰或期望永世受報答，這是宗教向他們宣布的。正是這種懼怕和期望心理在引導著弱者們，而其人數衆多；而引導著思索者的卻是榮譽、人類法則、公衆利益，事實上，這類人爲數甚少。」

院長T……先生話音剛落，C……夫人便忙向他道謝，言詞中流露出萬般滿意之情。

「你太值得崇拜了，親愛的朋友！」她對他說，同時撲上去摟住其脖子。「能夠認識、並愛上一個像你這樣思維合理的人，我眞感到幸福！請放心，我決不會濫用你的信任，而且我將嚴格地遵從你那顚撲不破的原則。」

兩人又互相親吻了一番，這使我十分厭煩，因爲我的姿勢很不舒服。然後，我那位虔誠的神師及他那位溫順的新信徒，便下樓到客廳裡去了。平時大家都習慣聚集在那裡。我迅即回房，並把自己關在裡面。片刻之後，C……夫人差人來叫我。我托來人轉告，我徹夜未寐，請她再讓我憩息幾小時。

我們的日子在這鄉間一天天過去，彼此相處得十分友好，直到有一天，我母親突然來通知我，我們的巴黎之行定在翌日。我和母親還是在和藹可親的C……夫人家吃了飯。我離開她時，大哭了一場。這位令人愛慕的，也許是她那一類人裡絕無僅有的女子，對我百般撫慰，並給了我最明智的忠告，其中毫不摻雜令人不堪忍受的卑瑣的廢話。院長T……去了鄰近的一個城市，他要在那裡待上一星期。我因此沒見到他。我們回沃爾諾過了夜。旅行所需均已準備就緒。翌日，我們便上了一輛馬車，直抵里昂。在那裡，驛車把我們送到了巴黎。

我說過，母親之所以決定作此旅行，是因爲她所熟識的一位商人欠她一大筆錢，而我們的整個經濟狀況取決於這筆錢的支付。另一方面，母親還負著債，其生意頗不景氣。臨走時，她把所有生意托給了一位當律師的親戚，不料那位竟給全部損失掉了。母親獲悉，家中的一切已被查封。就在當天，眞可謂雪上加霜，有人來通知她，其巴黎的批發商因爲負債累累，加之一大批債主追逼得太緊，徹底破產。人哪裡一下子經受得了這麼多憂傷：可憐的母親被壓垮了，高燒一週不退，終於撒手人寰。

就這樣，我一個人置身在巴黎，無依無靠，沒親沒友；但有幾分姿色，據別人對我所言；而且，我受過多方面的教育，只是不諳人情世故。

母親臨去世前，交給我一個錢包，裡面有四百個金路易；另外，我的衣著服飾還挺像樣，於是我便以爲自己是富有的了。當時我第一個念頭便是進修道院當修女；可我想想過去在這種地方所受的罪，加上我剛開始結識的一位女士的忠告，便打消了這一不祥的計劃。

這位女士名叫布瓦洛麗埃。就住在我隔壁的一套房間裡。我當時在一家帶傢俱的旅館裡佔了一套房間。在我母親去世後的頭幾個月裡，她出於好意，幾乎與我寸步不離。爲了減輕我那不堪忍受的悲痛，她對我關懷備至。爲此我應當永遠感激她。有一種女子，爲生計所迫，年輕時幹過那種滿足放蕩者縱慾要求的行當。一如您所知，布瓦洛麗埃太太正是其中之一。她當初幹那種行當時，積攢了一些錢，她便用這筆積蓄弄到了一筆終身年金。於是，她仿效其他許多人，隱姓埋名，扮演起正派女子的角色來。

當時，我悲痛過度，連思考都不能了。一想到將來，我不寒而慄；我向她推心置腹地談了這點；我把我的經濟狀況，以及在目前處境下我預料有可能遇到的可怕之事，都告訴了她。以往的經歷使她具有清醒而堅定的頭腦。

「您這就不大聰明了，」一天早晨，她對我說，「爲將來操那麼大心幹嗎？它對富人和窮人來說，同樣都是沒準的。而比起另一個人來說，它對您應當顯得不那麼危急！一個姑娘家，除了自身的優點，還有像您這樣的身材、相貌，只要在行爲舉止方面稍加注意，還用得著發愁嗎？不，小姐，您根本不必擔心：我會給您找到您所需要的，說不定還是一位好夫婿呢；因爲我覺得，您最喜歡的事是嚐一嚐婚配的滋味。唉！可憐的孩子，您哪裡曉得您所想望的這種事的確切價值。得啦，讓我來辦吧：有著五十歲女人之經驗的四十歲女人，知道什麼才適合一個像您這樣的姑娘。我來當您的母親吧，」她補充道，「您在社交場所露面時將由我陪著：從今天起，我將把您介紹給我叔叔B……他可能會來看我；他很有錢，是位金融家，爲人正派，他會很快給您找到一位好夫婿的。」我撲上去摟住布瓦洛麗埃的脖子，由衷地向她道謝，而且我打心眼裡承認，她說話時那種自信的口吻使我確信，我必定會交好運的。

一個涉世未深、卻自尊心很强的姑娘，有多麼傻呀！院長T……的告誡已使我看清，考慮到上帝和人類的法則，我們在這世上應當扮演什麼樣的角色；可我對人情世故，還全然不懂。凡我所見到和聽到的，在我看來都充滿著公正和誠實，這正是我在C……夫人和院長T……身上所找到的，而我認爲，唯有迪拉才是壞人。多麼可憐而又天眞！我眞是大錯而特錯了！

晚上五點左右，金融家B……來到了布瓦洛麗埃太太家。他這次造訪的前一部分時間，他們大概用於其它事情，而不是談論我。這位侄女爲人過於精明，她會讓叔叔處於平靜狀態，這樣她就絲毫不用怕我魅力的作用了。據她說，我的魅力是有危險的。那活兒挺費時。七點左右，我被介紹給B……先生。進去時，我向他深施一禮，而他卻不屑於起身。不過他還是叫我在他身邊的一把椅子上就坐，而自己則半躺在扶手椅上，腆著大肚子，只穿著襯衣。他接待我的神情和方式，是他那種地位的大部分人所具有的。儘管如此，我覺得一切還挺不錯，直到他誇我的大腿結實，並粗暴地把手按上去，使勁地捏，弄得我發出了一聲喊叫。

「我侄女對我談起了您，」他對我說，同時並不理會他給我造成的痛苦。「怎麼，眞見鬼！您居然有一對媚眼，一口好牙，一雙結實的大腿！呵！我們會設法安排您的。從明天起，我就讓您和我的一位同行吃飯，他的錢多得可以堆滿這個房間；我了解他的脾氣，他會一見鍾情的，可要謹愼對待他哦；我告訴您，他這人品行很端正，您會滿意他的。再見，親愛的孩子們，」他補充道，同時起身扣上衣鈕扣。「兩個人都來親我一下，就當我是你們的父親好了。妳，我的侄女，派個人到敝舍去說一聲，叫他們給我們準備飯。」

我們那位金融家一走，布瓦洛麗埃太太便向我表示，他覺得我很中他的意，而她爲此感到欣喜。

「他這人沒架子，心眼好，這種朋友不可不交。讓我來辦吧。我可是眞心待您好；不過您得照我的話去做。尤其是，我們別裝得一本正經的，這樣我保證能讓您交上好運。」

我和我的新良師益友一起用了晚餐。直到那時爲止，我所持的思維方式和行爲方式是什麼，她都巧妙地探了出來。

她對我傾訴衷腸，也激起了我的這種慾望。我話多得超出了我的本意。她起先感到不安，因爲聽說我從未有過情人；可繼而又放心了，因爲她通過從我嘴裡機敏地掏出的回答，確信我懂得情歡的價值，而且我還恰當地加以利用了。布瓦洛麗埃親吻我，撫摸我，竭盡所能，以鼓勵我和她睡覺。我謝過她，回到自己的居室，頭腦裡佔滿了正在向我招手的鴻運。

巴黎女人既活潑又溫柔。次日早上，我這位樂於助人的芳鄰便來向我提議，說是要給我燙髮，當我的貼身女僕，幫我梳洗；可我正在爲母親服喪，無法接受她的建議，便始終不摘頭上的小睡帽。好奇的布瓦洛麗埃同我開了許多玩笑，我身上那些富有誘惑力的地方，她用眼掃了個遍，又用手摸了個遍，一面給我一件襯衣，還要親自給我穿上。

「可是，小淘氣！」她思忖了一下對我說，「我覺得妳沒給妳的小貓咪洗洗就穿襯衣了！妳的坐浴盆在哪兒？」

「要坐浴盆幹嗎？」我回答她，「我實在不明白您這是什麼意思。」

「怎麼，」她說，「沒有坐浴盆？妳可千萬別誇耀自己沒有這樣一件傢私。對一位舉止高雅的姑娘來說，這和她的乾淨襯衫一樣，是少不了的。今天嘛，我很願意把我的借給妳，可是明天，再不能拖了，得想著去買一個。」

布瓦洛麗埃的那個拿來了。她把我安頓在上面。這位殷勤的女子，一邊瘋笑著，一邊大洗而特洗她所謂的我的小貓咪，不論我怎麼說，怎麼做都沒用。熏衣草香精也沒讓她少花費。我居然沒怎麼懷疑爲她而準備的那個宴會，以及這番名符其實盥洗的動機！

中午時分，一輛體面的馬車把我們送到了B……先生的府上。他和R……先生，其同行兼朋友，已在那裡等候了。那位年紀在三十八到四十歲，長相一般，衣著闊綽，裝模作樣地輪流展示其戒指、鼻煙盒、眼鏡盒之類，擺出一副了不起的樣子。不過他還是俯就來和我攀談，拉著我的手，面對面地仔細打量我。

「沒說的，她是漂亮！」他喊道，「我敢擔保！她長得眞迷人，我要讓她作我的小妻子。」

「呵！先生，您過獎了，」我分辯道，「而如果……」

「不，不，」他又說，「您什麼都不用操心，我會安排好這一切的，而且準讓您滿意。」

有人來宣布開飯了，於是大家便入席。布瓦洛麗埃諳熟在這種場合所用的隱語和慣用語，顯得魅力十足。她用不著這麼來刺激我，我根本就不合時宜，就是張口說話，在兩位金融家看來，措辭也十分乏味，於是R……便不似開頭那麼活躍了。他睜著一雙大眼睛望著我，那眼神表明，他在琢磨我的性格。通常，人們只在和與己思維和行動一致者相處時，才顯得有勇氣。然而，在R……的想像中，我枯燥無味的談話所造成的錯誤，很快就被幾杯香檳酒彌補了。他變得比較急切，而我則變得比較溫馴。他那副悠然自得的樣子，令我生畏：他那雙賊手幾乎到處亂摸，要不是怕失禮，我眞要對他翻臉了。我自認爲可以由事態發展下去，尤其是因爲，我在客廳另一端的沙發上看見，B……先生表現得還要放肆，他正在掃視其侄女太太身上那些富有女性魅力的東西。終於，我沒能抵禦住R……的那些小小的誘惑，以致他毫不懷疑自己可以得逞，如果動眞格的話。他建議我到沙發對面的躺椅上去。

「非常願意，先生，」我天眞地對他說，「我想那樣我們會舒服些，我怕您這麼待著，跪在我腳下（他剛才的確跪了下去），未免太累了。」

他立時起身，把我抱到躺椅上去。

這一來，我發現B……先生與其侄女走出了房間。我想起來尾隨他們而去，可厚顏無恥的R……直截了當地對我說，他愛我愛得發瘋，他願意幫我出人頭地。說話的當兒，他已用一隻手把我的襯衣撩到腰間，另隻手從其短褲裡掏出一個硬梆梆、青筋畢露的器官。他把我的大腿盡量掰開，將其膝蓋擱在中間，然後準備滿足其獸慾。就在這時，我的目光落在了威脅我的怪物上，我認出，其模樣酷似聖水刷，即迪拉用來趕走其懺悔者體內惡魔的那物件。此刻，我憶起了眼下正威脅我的此項活動之性質的全部危險，這是院長T……先生曾讓我正視的。我的溫馴頓時轉爲狂怒；我一把抓住這令人生畏的R……的領帶，伸直胳臂，就讓他這麼待著，叫他無法採取他竭力想採取的姿勢。然後，唯恐遭到突然襲擊，我眼睛緊盯著敵人的腦袋，以防它插進去，同時向布瓦洛麗埃太太拚命呼救。她不知是否參與了R……的計劃，反正只得跑來指責其行爲。我被剛才來自R……方面的冒犯氣瘋了，恨不得摳出其眼珠子來；我用最激烈的言辭斥責他的膽大妄爲。B……也來幫布瓦洛麗埃：倆人好容易才拉住我，不讓我從他們手裡掙脫，向R……猛撲過去。此時，那位先生是不慌不忙地把那關鍵之物送回原處，然後驀地發出一陣淫笑，打破了沈寂。

「當然囉！鄉下小妞，」他說，裝作是在搞惡作劇。」「承認吧，我把您嚇壞了。您眞的以爲我想……？呵！這是上流社會的習俗，這鄉下丫頭竟然想不到，簡直莫名奇妙！想像一下吧，我親愛的B……，」他繼續說，「我讓這位小姐躺在牀上，我撩起她的裙子，給她看我的……，她居然沒想到這番舉動裡有那種男女之事，這假正經的小妞！於是她調皮起來；你們就來了。事情的全部經過就如此，這就是這漂亮孩子犯抽搐的原因，她那副樣子你們都看見了。這還不把人笑死？」他補充道，笑得益發響了。

「不過，布瓦洛麗埃，」他猝然又一本正經起來，「請您別再讓我和這種傻瓜攪到一起去，我可不是當小學教師、禮儀教師的料；在介紹這位小姐陪件像我和B……這樣的人之前，您還是先教教她如何做人吧。」

不瞞您說，在他誇誇其談的當兒，我驚得呆若木雞。我楞楞地聽著R……講，目光呆滯，一言不發。

B……和R……都不見了，可以說，我都沒察覺。我像傻子似地由布瓦洛麗埃摟著，而她嘴裡也在嘟囔著某些庸俗的話，那些話旨在讓我明白，我確乎是有點錯的。我們登上了馬車，回到了自己的住處。

我沒能克制得了多久感官的激動。一到家，我便淚如雨下。我這位貞潔的女友，生怕我對這次遭遇會有什麼想不開，便寸步不離開我。她竭力使我相信，男人們總是很好奇地想摸清，他們打算要娶的姑娘對情歡究竟了解到什麼程度。這番冠冕堂皇的理由引出的結論是，謹愼有可能使我顯得更無知，而且她痛心地看到，我的衝動也許已經使我錯失良機。我怒氣衝衝地回答她，厚顏無恥的R……要對我幹什麼，我不是不曉得，我還不至於孤陋寡聞到如此地步。我又相當生硬地補充道，機會再好，要我付出這般代價，我也決不幹。我一激動，便給她講了我從迪拉神父和埃拉蒂斯那裡見到的事，以及從院長T……先生和C……夫人那裡受到的有關這方面的教誨。終於，一句一句地，狡黠的布瓦洛麗埃得以套出了我全部的故事。這一細節使她改變了語氣。如果說，她認爲我在禮貌規矩、人情世故方面顯得孤陋寡聞，那麼，我在道德、玄學和宗教領域裡的知識，則沒讓她少吃驚。

布瓦洛麗埃心地很善良。

「我眞高興，」她摟緊了我說道，「能認識像妳這樣的姑娘。妳剛才使我看清了造成我生活中全部不幸的祕密·我一直在反思我過去的行爲，而且不得安寧。唉！還有誰會比我更怕受到懲罰呢？儘管妳向我證明，那些有可能使我們受到懲罰的罪，我是無意識犯下的。我人生的開端，就是一連串的可恥行爲；雖然這有傷我的自尊心，可我應該對妳以隱情換隱情，以教訓換教訓。那麼，親愛的泰蕾絲，請聽我講我的遭遇，好了解一下男人們的任意胡爲，妳知道了會有好處的，這會使妳更加堅信，惡習與美德取決於氣質與教育。」

於是，這位女子就這樣馬上開始講起了自己的經驗。

——第一部完

## 註釋：

❶ 在《聖經》中，是耶穌的朋友，是耶穌使其復活的。
❷ 意大利城市名。
❸ 生著羊角及羊蹄的半人半獸神。
❹ 埃及人（～XⅢs），預言家，宗教及以色列民族創始人。
❺ 以色列國王（～九七二—～九三二）。
❻ 《聖經》中人物，爲人正直，敬畏上帝，遠離惡事。
❼ 按照原註，此處指原罪。

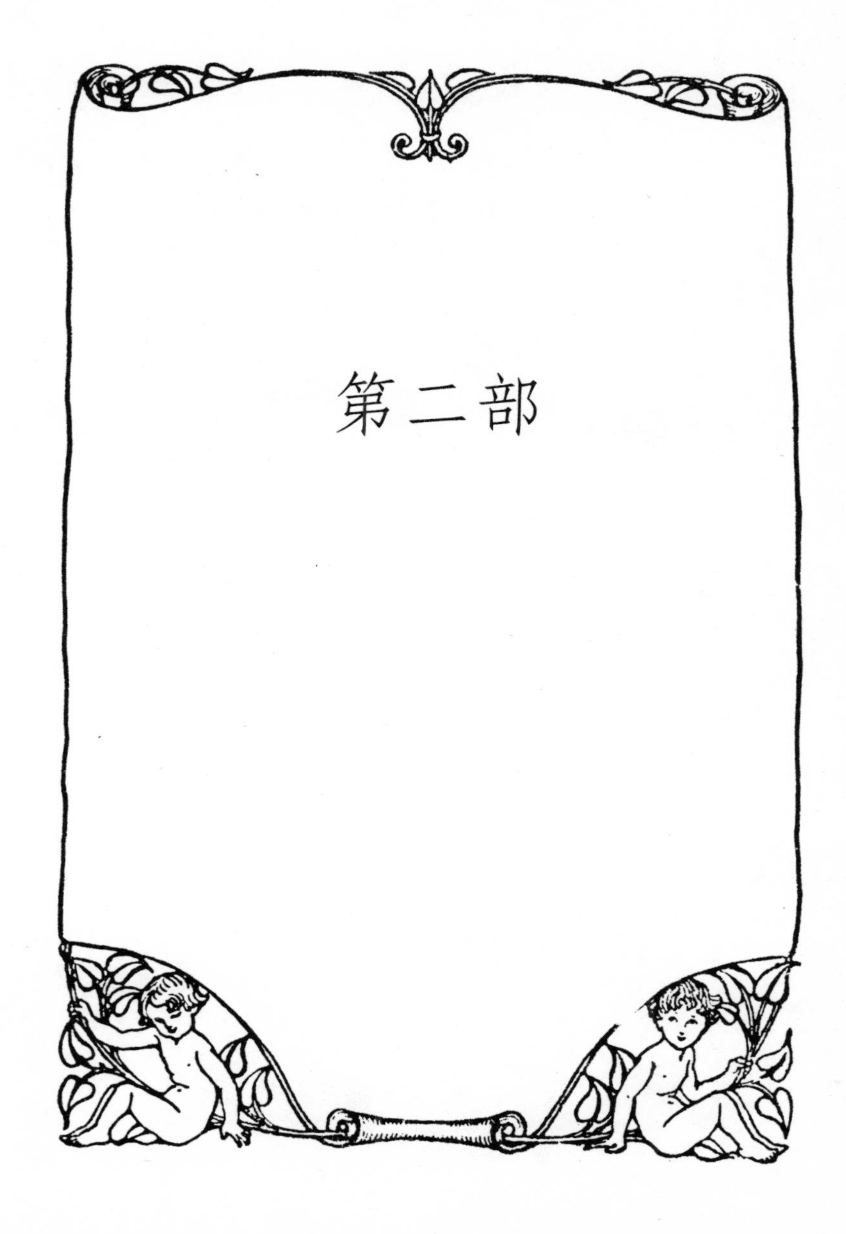

# 第二部

# 布瓦洛麗埃太太的經歷

「妳在我身上所看到的，親愛的泰蕾絲，是一個怪物。我既不是男人，不是女人，不是姑娘，不是寡婦，也不是已婚者。我曾經是職業蕩婦，而現在仍然是處女。這麼開頭，妳大概會把我當成瘋子。耐心點，我請求妳，妳會得到謎底的。一個姑娘經歷了肉體享樂，就會從原來的狀態轉入女人狀態。而大自然對我來說卻是反覆無常的，它在我肉體享樂的道路上佈滿了障礙：一層神經組織膜相當嚴密地封住了通道，愛情的箭筒裡所曾有過的最細的箭，都無法射中目標。而更爲讓妳吃驚的是，那種能使我變得有權品嚐肉體快樂的手術，從來都無法使我下決心去做，儘管爲了消除我的反感，人們不時地給我列舉許多姑娘的例子，她們情況和我相同，卻都過了這一關。我從幼年起，就注定要幹妓女這一行。在這可恥的行當裡，這一缺陷似乎應當是我走紅的障礙，結果相反，卻成了動力。妳要明白，當我對妳說，我的遭遇會使妳了解男人的任意胡爲時，我並不是指，他們和女人眞正擁抱的當兒，肉體的快感使他們變幻各種姿勢。他們變幻起來，可以說是無窮盡的。所有各種色情姿勢，早已由生活在十五世紀的著名的彼得羅·阿雷蒂諾❶著力闡述過，如今無須再說什麼。我要告訴妳的，只是那些荒誕的趣味，那些許多男人所要求我們的、討他們歡心的怪異做法。他們或出於偏愛，或由於身體構造上的某些缺陷，以此來代替完滿的享受。我現在就進入正題。

我從不知我父母是誰。我是由一位叫勒芙珥的巴黎女人當女兒拉拔大的。她那幢房子挺舒適。有一天，她很神祕地把我單獨拽到一邊，把妳就要聽到的那些事告訴了我（我當時十五歲）。

『您並不是我女兒。』勒芙珥太太對我說，『現在該讓您了解自己的身世了。六歲時，您在巴黎街頭迷了路。我把您領了回來，供您吃，供您穿，好心好意地把您撫養到今天。我一直沒能弄淸您爹媽是誰，雖說爲這我沒少費心。』

『您大概看出，我並不富裕；但爲了讓您受教育，我該花的錢都花了。現在，該您利用您自己去找出路了。爲了讓您能成功，我還要給您提些建議。您身裁好，長得漂亮，發育得比同齡女孩的一般狀況要好。那位……主席先生，即我的保護人和鄰居，很鍾情於您。他決心要讓您快活，而且要使您不愁吃穿。不過，從您這方面，您得百依百順，他要您怎樣，您就怎樣。瑪儂，看看您要我怎麼回他話；可我不得不告訴您，您若不是無條件地接受他托我轉達給您的提議，從今天起，您就得決定離開我的家，因爲我再也養不起您了。』

勒芙珥太太這番令人不堪忍受的心裡話，外加結論，我聽了嚇呆了，只有不住地落淚。毫無寬恕可言。我必須作出決定。幾句開場白之後，我答應做對方要我做的一切。勒芙珥太太以此爲由向我保證，她會永遠關照我，永遠讓我用母親這一溫柔之詞來稱呼她。我就要選擇的這一行當的任務是什麼，以及我和主席先生在一起具體該做什麼，翌日早晨，她都一一作了交代。然後，她把我脫光，從頭到腳給我洗身子，燙頭、梳頭，給我穿上比平時乾淨得多的衣服。

午後四點，我們被領去見主席先生。這是個又高又瘦的男人，臘黃而多皺的臉，埋在一堆又長又寬、呈正方形的假髮裡。這位體面人物讓我們落座後，鄭重其事地對我母親說：

『這就是談到的那位小女子嗎？她相當不錯：我一直對您說，她是個美人胚子，會越長越出衆的；而到目前爲止，錢總算沒白花。不過您至少能肯定，她是個處女吧？』他補充道，『我們來瞧一瞧，勒芙珥夫人。』

我的好母親馬上叫我坐在牀沿上，仰面躺下，她撩起我的襯衣，準備掰開我的大腿，這時，主席先生語氣粗暴地說：

『嗨！不是這樣，太太，女人總是好給人看前面。啊呀！不對，叫她轉過來……』

『呵！老爺，對不起，』我母親喊道，『我以爲您想看……這樣吧！您起來，瑪儂，』她對我說，『一隻膝蓋跪在這椅子上，彎下身子來，盡可能低些。』

而我，活像一名受難者，低垂著眼睛，按她所規定的去做。等我擺好姿勢，我可敬的母親把我的襯衣一直撩到髖部，而主席先生走了過來，我感到她在掰開我的陰唇，那位老爺企圖把手指伸進去，試了半天，未能如願。

『這太好了，』他對我母親說，『我很高興。我看她肯定是處女。現在，讓她就這麼呆著別動。您用手在她屁股上拍幾下。』

這項決定被執行了。母親用左手撐住我的裙子和襯衣，同時用右手輕拍我的屁股。出於好奇，我想看看主席方面有何動靜，便稍稍扭轉了頭：我瞥見他在我後面兩步遠的地方呆著，單膝跪地，一隻手拿小型望遠鏡瞄準我的屁股，而另隻手在其大腿間抖動著某個黑而鬆軟的物件。可不管他怎麼使勁，那物件都挺不起來。我不知他的活算幹完了沒有，反正，一刻鐘後，我再也受不了這姿勢，老爺便站起來，邁著兩條骨瘦如柴的腿，搖搖晃晃地回扶手椅去了。他交給我母親一個錢包，並告訴她，裡面有一百個金路易，是事先說好的；然後，他在我臉頰上賜了一吻，又向我宣佈，他會惦著讓我什麼都不缺的，只要我聽話；而且，他需要我時會通知我的。」

「我和母親一回到家裡，」布瓦洛麗埃太太繼續說道，「我便把二十四小時以來所耳聞目睹的，認眞地想了想，一如您在埃拉蒂斯小姐挨迪拉神父鞭打之後所作的一樣。我聯想到童年起勒芙珥太太家裡的一切言行，我把自己的想法都匯攏來，好從中得出某種理性的結論。正在這時，我母親進來了，中止了我的沈思默想。

『我已無可向妳隱瞞，親愛的瑪儂，』她摟著我，對我說，『因爲妳已分擔了我這一行的任務；二十年來，我一直在幹著，而且還有點名氣。我還有話要對您說，注意聽著。乖乖地聽從我的勸告，靠自己的能力來彌補主席對妳造成的傷害吧。八年前，我按照他的吩咐，』母親繼續說，『拐走了妳。從那時起，他付給我一筆小小的生活費。爲了讓妳受教育，我都把它花了，另外還貼了些錢。他曾向我許諾，等妳到了可以讓他得到妳童貞的年齡，他將給我們每人一百個金路易。可是，假如這老淫棍打的只是如意算盤，假如他那老物件鏽了，皺縮了，用壞了，他沒法再嘗試這種風流事了，這難道怨我們嗎？不過，他還是給了我一百個金路易，這是我那一份。可妳別急，瑪儂，妳那一份，我會讓妳掙到的。妳年輕、標緻、無人知曉：爲了讓妳快活，我要用這筆錢來給妳置裝；妳只要肯聽任擺佈，我就讓妳一個人獨享好處，而先前，我的朋友們都是讓十位或十二位小姐分享的。』

她又說了一大堆諸如此類的話。我從中意識到，我的好母親已將主席給的一百個金路易佔爲己有，並以此作爲開始。然後，我們訂了契約。條款是，她將預支給我一筆錢，這筆錢將從我每日工作的頭幾天收益中扣除，隨後，我們再認眞地來分公司的贏利。

勒芙珥在巴黎要好的熟人多得不得了。不到一個半月，我就被介紹給她的二十多位朋友。他們都打算得到我少女的貞操，結果相繼失敗。幸虧勒芙珥太太做生意有條有理，她總是準確無誤地記著先收錢，然後再讓他們從那幹不成的活計中去找快活。有一天，我碰上了索邦神學院的一位胖博士，他堅持要贏回他掏的那十個金路易，我甚至以爲他會操勞而死，要不就會破除我身上的魔法。

五年期間，繼這二十名競技者之後，又有過五百多名。教士、擊劍手、法官、金融家，他們輪番讓我擺出最少見的姿勢：統統白費心思。不是在寺院門口獻祭，便是刀尖鈍了，祭品無法宰殺。

終於，我的處女膜太結實一事，鬧得滿城風雨，一直傳到了警方耳中，他們似乎想制止比賽的進一步發展。有人及時地向我通風報信。我和勒芙珥太太認爲，爲謹愼起見，不妨到離巴黎三十里之處去躲一躲。

三個月之後，怒火平息了。就是那個警署的一名下級警官，勒芙珥太太的同謀及朋友，用我們讓人付給他的十二個金路易，負責安撫了這些名士風流。我們揣著新計劃回到了巴黎。我母親原先一直堅持讓我動手術，後來完全改變了方案。她發現，我這畸形的身體構造裡有一片經久不變的土地，它會帶來巨大的收益而無須耕種，無須怕服南歐丹參，也無須怕懷孩子和受教會的嚴厲斥責。至於我自己的肉體享樂，則採取妳用來滿足自己的那種，親愛的泰蕾絲；妳是出於理智，而我是出於迫不得已。」

「當時，」布瓦洛麗埃繼續說道，「我們採取了新步驟，按新原則來辦事。流亡回來後，我們想到的第一件事便是改換居住區。於是我們瞞著主席，移居到聖日爾曼區。」

「在那裡，我首先結識的是某位男爵夫人。年輕時，她和其妹，一位公爵夫人，一起爲年輕的縱慾者們提供有效的肉體享樂。後來，她成了一位美國闊佬的管家。她毫不吝惜地讓他享用自己。其魅力雖不如當年，風韻卻猶存。他爲此出的錢大大超出了實際價值。另一位美國人，即那一位的朋友，一見我就愛上了：我們一拍即合。我把我的情況如實相告，誰知這非但沒有使他掃興，反而令他喜出望外。這可憐的人正在擺脫那有名的小男妓：他覺得，在我手裡，他很放心，不用怕惡習再犯。我這位新結識的海外情人曾發誓只玩小妞，不過他在幹那種事時加上了一種怪癖。他的口味是，讓我挨著他在沙發上坐下，把衣服撩到肚臍眼以上，然後抓住他那人類的孽根，輕輕加以搖晃。與此同時，我得樂於忍受他派給我的一位貼身女僕剪我的陰毛。沒有那古怪的器械，我認爲，哪怕是十二隻像我這樣的胳臂使勁，都無法使我男人的那玩意兒豎起來，更不用說從中抽取一滴酏了。

在這些怪異的男人之中，有未內特的情人。她是男爵夫人的三妹。這姑娘有一雙美目，高挑個兒，身材勻稱，但相貌醜陋，皮膚黝黑乾燥，舉止矯揉造作，假裝有才智、感情豐富，其實哪樣也不具備。其優美的嗓子爲她相繼招來了衆多崇拜者。上面提及的那位之所以動了春心，就因爲這天賦。而唯有這位女俄耳甫斯❷悅耳的歌聲，才能打動其情人的那玩意兒，並激起他最大的快感。

有一天，我們三人在一起大吃大喝了一頓。席間，大家唱歌來著，他們還拿我畸形的×××開玩笑，凡想像得出來的荒唐話、荒唐事，都說了，也做了。大家你推我操，倒在了一張大牀上，我們在那上面展示自己女性的魅力。我的魅力頗具觀賞價值。那情人動手幹開了。他把未內特按在牀沿上，撩起其衣服，插入，求其唱歌。在一番小小的開場白之後，溫順的未內特唱起了一支三拍子的進行曲；那情人起動了，推進、再推進，始終按著節拍，其嘴唇似乎是在數拍子，而其屁股標出了停頓。我躺在同一張牀上，看著，聽著，笑出了眼淚。到那時爲止，一切都很順利，突然，淫蕩的未內特碰巧從中得到了快感，唱錯了，走調了，失去了節拍，一個降號代替了本位號。

『呵！妳這母狗！』我們這位和諧音樂的狂熱維護者嚷道，『妳把我耳朵都刺破了：這唱錯的調一直滲透到我的脊樑骨，它出毛病了。喂，』他說，同時拔了出來，『看看妳那該死的降號幹的好事。』

唉！那可憐的鬼東西變軟了，打拍子的器具只成了一堆揉皺的衣服。

我朋友失望之極，使出渾身解數來振作其演員，可是，最溫柔的吻，最淫蕩的摩擦都無濟於事，它們無法使那了無生氣的部分恢復彈性。

『呵！我親愛的朋友，』她嚷道，『別丟下我，是我對你的愛，是快感使我的嗓子出了毛病；難道你要在這快樂的時刻離開我？瑪儂！親愛的瑪儂，救救我，把妳的小陰戶亮出來給他看，它會使他起死回生，也會使我重新活過來，因爲，如果他不幹完，我會死的。親愛的小比比，』她對其情人說，『讓她擺出那個性感的姿勢吧，就是你有時讓我姐姐伯爵夫人擺的那種；瑪儂對我很講交情，她會樂於這麼做的。』

發生這奇特的一幕時，我一直在笑，笑得喘不過氣來。的確，誰曾見過唱著歌幹這種事而且用這種器具打拍子的呢？而誰又曾想到過，一個降號取代了本位號，就會使一個男人如此突然地受挫，整個人支撐不住的呢？

我完全可以想像得出，伯爵夫人的姐姐準備做一切可以取悅於其情夫的事。與其說是出於肉體享樂，不如說是想通過要價很高的殷勤服務把他拴住。可我尚不知他們請我重複扮演的是何種角色。可我很快就恍然大悟了。

這一對情侶讓我趴下，他們在我腹部放了兩三個坐墊，好讓我臀部抬起。然後，他們把我的襯衣一直撩到髖部，腦袋倚在牀頭。未內特自己則仰臥，腦袋擱在我的大腿之間，我的陰毛挨著其額頭，爲其充當留海。比比撩起未內特的裙子和襯衣，趴到她身上，用胳膊撐著自己的身體。在這個姿勢中，供比比先生觀賞的，離其鼻子四指遠，有其情人的面龐，我的陰毛、屁股及其它。這一次，他用不著音樂了：他不加區別地吻擺在他面前的一切，面龐、屁股、嘴巴，不顯示出任何偏愛，一切之於他全都一樣。其標槍由未內特操縱，即刻恢復了彈性，並進入了原先的宿處。接著便是一番折騰。情夫推進，未內特說著粗話，咬噬著，靈活無比地擺動著接合點；而我呢，瞪眼望著我後面進行的活計，繼續笑出了眼淚。終於，幹了相當長時間之後，兩位情侶如癡如狂，沈浸在歡樂的海洋中。

過了一陣，我被帶到一位主教家中。其怪癖更爲吵鬧，更具危險，會引起醜聞，還會震破構造最好的耳朵的鼓膜。想像一下吧，當主教閣下覺得快感來臨時，便大吼大叫道：『嗨！嗨！嗨！』並迫使聲音隨快感的增强而增强。因此，通過他喊『嗨！嗨！嗨！』之聲音大小，您可以算出，這位又胖又寬的高級敎士舒服到了什麼程度。要不是其貼身僕人謹愼地用軟墊擋住門窗，主教閣下射精時，這喧鬧聲周圍千步以內均可聽到。

我從男人那裡了解到的古怪口味，奇特行爲，倘若都給妳描繪出來，那就沒個完了，這還不算他們要求女人在性交時擺的各種姿勢。

一天，我從一扇很小的後門，被帶到一位有名望的大富翁那裡。他從五十歲起，每天早晨都要接待一位姑娘的來訪。人天天換，而來訪性質卻不變。他親自給我開了房門。因事先得知在這老淫棍家裡通常要遵守的『禮節』，我一進去，便把外衣和襯衫脫了。他一本正經地坐在扶手椅上，而我就這麼光著，把屁股送上去給他吻。

『快跑，姑娘。』他對我說，同時，一隻手抓住他那一堆物件使勁搖晃，另隻手舉著一把荊條逕直衝我的屁股而來。我跑了起來，他在後面追，我們繞房門轉了五、六圈，他魔鬼似地喊道：

『跑哇，蕩婦，跑哇！』

終於，他癱倒在了扶手椅上。我重新穿上衣服，他給了我兩個路易，我便走了。

另一位把我安置在椅子邊上，讓我光著下身。我這麼待著，有時出於取悅對方，有時出於慾念，摩擦自己，以激起快感。而他呢，在房間的另一頭和我面對面地保持同一姿勢，用手幹著同一活計，而眼睛盯著我的動作，特別專心致志，只在發現我變得無精打采了，知道快感的高潮已到，這才停止操作。

第三位（是位老大夫），顯示不出任何男性特徵，除非我在其屁股上用鞭子抽一百下，與此同時，我的一位女伴跪在其面前，袒著胸，用手促使這位現代『醫神』的勃起神經發揮作用。終於，精氣散發出來了，那是通過鞭打被强迫湧向身體下部的。就這樣，我和女伴通過這不同的操作程序，促使他流出了生命之膏。正是通過這一機械，大夫使我們確信，人們可以使一位精力衰竭者恢復元氣，使一位陽萎患者恢復性功能，並使一位不生育的婦女受孕。

第四位（這是一位驕奢淫逸的朝臣，因沈湎酒色而精力衰竭），讓我和我的一位女伴去他府上。我們在一個四面擺著鏡子的小房間裡找到了他，那些鏡子都對著一張鋪有深紅色天鵝絨的躺椅，那躺椅擱在中間。

『妳們都是些嫵媚可愛的女子，』那朝臣親熱地對我們說，『可惜，我不能哄妳們高興，我沒有這個榮幸，不過妳們不會覺得這有什麼不好，如果妳們認爲合適，將由我的一位貼身男僕，相貌英俊、身材勻稱的小伙子來逗妳們開心。妳們要怎樣，嬌美的孩子們，』他補充道，『應當懂得愛朋友，連同愛他們的缺點。而我的缺點是，只有看著別人得到快樂，然後反饋到大腦，我自己才能品嘗到快樂。再說，誰不參與……唉！像我這種人，卻去學那粗俗而下流的鄉巴佬，豈不可憐。」

他虛情假意地說完這番開場白之後，便命其貼身男僕進來。那位身穿肉色緞子小短上衣出場了，一派鬥志打扮。那男僕把我的女伴按在躺椅上，熟練而粗魯地撩起其衣裙，接著又幫我把上身脫光。一切都仔細斟酌過，做得有板有眼。主人坐在扶手椅上，仔細察看其軟綿綿的陽具，並把它捏在手裡。那男僕則相反，他把短褲褪到膝蓋處，又把襯衣的下擺纏在腰間，露出了最棒的一個。他只等主人一聲令下便好行動，而那位則向他宣布，可以開始了。幸運的男僕旋即爬到我同伴身上，插入，然後靜止不動。他的屁股暴露著。

『勞駕，小姐，』我們的朝臣說，『請到牀的另一邊，去逗弄這對大……就是垂在我的人大腿間的那東西，正如您所見，他是個强壯而老實的洛林人。』

我這方面照辦了。我已對您說過，我是光著上身的。節日活動的組織者對男僕說，他可以照常進行了。那位立時便推呀推的，屁股動得煞是好看：我的手追隨著他們的動作，絲毫不離開那兩個巨大的瘤狀物。主人掃視著鏡子，根據物體被反射的角度，觀看形形色色的畫面。他終於使其陽具變硬，並使勁地搖晃它：他感到快感的時刻來臨了。

『你可以結束了。』他對男僕說，那位便加緊地幹；兩個人終於癱軟如泥，流出了神液。」

「親愛的泰蕾絲，」布瓦洛麗埃繼續說，「對啦，我淸淸楚楚地記得，就在這天，我和三位嘉布遺會修士有過一次可笑的艷遇：這些修士是怎樣恪守其有關貞潔的誓願的，由此可見一斑。

從我剛才給妳談到的那位朝臣家出來後，我與女伴道了別。我正拐第一個街角，準備上一輛等候我的馬車，不料遇見了迪皮伊，我母親的女友，生意上有力的競爭對手，不過她是在一個不那麼喧鬧的世界裡幹著這一行。

『呵！我親愛的瑪儂，』她走近我，對我說，『遇見妳眞高興！要知道，是我有幸在爲巴黎所有的僧侶提供服務。我覺得，那些狗們全都串通好了來氣我：它們都發情了。從今天早晨起，有九位姑娘出動了，在巴黎各街區，在不同的房間裡。我跑了四小時，卻未能找到第十位，這是給三位可尊敬的嘉布遺會修士找的，他們眼下還坐在一輛遮得嚴嚴實實的馬車裡，在去寒舍的路上等著我呢。瑪儂，請跟我來吧，他們都是些老好人，會讓妳開心的。』

我說，她明明知道我不是僧侶的獵物，那些先生不會滿足於假想型、小妞型的肉體享樂的，相反，他們需要的是一些陰道口暢通無阻的姑娘，可任我怎麼說也白搭。

『還用說嗎！』迪皮伊反駁道，『我覺得妳可眞讓人佩服，居然去操心那些混蛋快活不快活！我給他們個姑娘就行了；至於盡其所能去利用她，那是他們的事。瞧，這六個路易是他們給的：三個歸妳，願不願意跟我去？』

在好奇心和利益的驅使下，我決定跟她去。我們上了她的馬車，到了蒙馬爾特附近，迪皮特的家。

片刻之後，我們那三位嘉布遣會修士進來了。我看上去似乎很美味可口，像這樣的肉塊他們一般很少嚐得到。於是，他們便如三隻餓狗似的撲了上來。我當時正站著，一隻腳擱在椅上，在繫一條鬆緊襪帶。其中一個蓄紅棕色鬍子、有口臭的，走過來在我嘴上親了一下，還竭力想用舌頭惹我不快。第二位用手粗魯地摸我的乳房，而我感覺到了第三位的臉，原來他從後面撩起我的襯衣，將臉貼著我的屁股，緊挨著那小孔。某種像馬鬃般粗硬的東西進到了我大腿之間，翻騰我前面那個部位。我伸過手去，妳猜我抓到了什麼？伊萊爾神父的鬍子。他感到自己被逮住了，而且被拽住了下巴，爲了逼我鬆手，便在我屁股上狠狠地咬了一口。我果眞放開了鬍子，而且疼得發出一聲尖叫；幸好這叫聲懾住了這些放縱者，我這才得以一時擺脫他們的糾纏。我坐在身邊的一張躺椅上，剛來得及定定神，三個巨大的陽具就瞄準了我。

『神父們，』我喊道，『請稍安毋躁：讓我們來排一下順序，再做下面的事。我來這裡可不是爲了扮演貞潔女子。那麼，我們來看看，我和你們三位當中的哪一位……』

『該我。』他們異口同聲地嚷道，不容我把話說完。

『該你們，鬍子未長長的毛頭小伙子？』其中一位又說道，說話透著鼻音。『你們竟敢搶昂熱神父的光，他先前守護過……，在那個……封齋期間講過道，他可是你們的上司！上下級關係何在？』

『還用說嗎，這又不是和迪皮伊，』其中一位用同樣的腔調說，『和這一位，昂塞爾姆神父一點不比昂熱神父差。』

『你胡扯！』後者反駁道，同時對準尊敬的昂塞爾姆神父的臉揍了一拳。那位夠靈巧的，頓時撲到昂熱神父身上：兩位抱成一團，互相揪住衣領廝打起來，繼而又都把對方推倒在地，並彼此辱罵。他們的長袍被掀到了頭上，露出了那可憐的陽具，它們剛才還是凸起的，現在則成了洗碗布狀。迪皮伊跑過來拉架。她把一大桶涼水澆到了這兩位聖弗朗索瓦門徒的陰部，才得以成功。

鬥毆時，伊萊爾神父並沒有閒著。我笑得前仰後合，力氣全無，便倒在了牀上。於是，他趁機翻弄我那些有誘惑力的部位，試圖吃兩位同伴毫不客氣地用拳頭爭奪的牡蠣。不料，遇到了阻力，他吃了一驚，停下來湊近檢查入口；他把殼兒打開一點，原來是死路一條……怎麼辦？他再次力圖突破：白費心思，徒勞無功。他那陽具，在加倍使勁之後，便只好採取丟人的一著，衝其吃不到的牡蠣噴射。

兩位修道士一陣狂怒之後，突然平靜下來。伊萊爾神父要求大家靜一靜：他把我的不正常，及封住快活之地入口的不可逾越的障礙，告訴了兩位鬥士。

老迪皮伊遭到了强烈指責，不過她以開玩笑來抵擋。並且，作爲老於世故的女人，她弄來了一瓶瓶勃艮第葡萄酒，盡量讓他們消消氣。他們馬上暢飲起來。

此時，我們神父的陽具又恢復了當初的堅硬。酒神巴克利斯式的暢飲，不時被對生育之神普里阿波的澆祭❸打斷。儘管這兩者很不完善，可我們的這些無賴好像滿足了，時而我們的屁股，時而他們衣服的翻邊，爲他們的祭品充當祭台。很快，大家因快活過度而喪失了理智。我們給客人抹胭脂、貼假痣；我身上的女裝，他們每人都扯去一件怪模怪樣地穿上了；漸漸地，我被剝得一絲不掛，而只是披著一件嘉布遣會修士的斗蓬，他們覺得我這身打扮非常迷人。

『能看到迷人的瑪儂這種臉蛋，能享受到這樣的樂趣，你們豈不是太幸福了嗎？』半醉的迪皮伊大聲說。

『不，畜生！』昂熱神父用酒神發怒的語氣說，『我到這裡來可不是爲了看一張臉蛋：是爲一個屁股，一個陰門我才來的，我錢付足了，』他補充道，『我手裡握著的這個屌，如果搞不到一個屁股，哪怕是魔鬼的，是不會從上帝肚裡出來的。』」

「好好地聽這番爭吵，」布瓦洛麗埃插了幾句，「它可是很獨特的；不過我得提醒妳（也許晚了點），那些強有力的措詞我一點無法刪去，而它那全部的優雅，我也只有保留。」

布瓦洛麗埃把頭開得太雅，以致不能不任其以雅收尾。我笑了，她便繼續這樣講述這次艷遇：

「『哪怕是魔鬼！』迪皮伊重複道，同時從椅子上站起來，同嘉布遣會修士一樣，語調裡也透著鼻音，『好吧，好……』她說道，一邊把衣裙撩到肚臍眼，『瞧瞧這可敬的……，它滿抵得上兩個呢。我就是一個十足的女魔；插……我好了，你要是有膽，就把你的錢贏回去。』

與此同時，她揪住昂熱神父的鬍子，把他往自己身上拽，並順勢倒在躺椅上。神父並沒有被地獄之神普羅塞爾比納的熱情弄得張惶失措，他準備插進去，而且立時就插了進去。

神父抖動了幾下，引起了摩擦，六十來歲的迪皮伊剛一感覺到，這二十五年來已沒人敢讓她品嚐的美妙快感，便使她飄飄慾仙，並令她馬上改變了語氣。

「呵！我的爸爸，」她說，同時像瘋子似地狂躁不安，「親愛的爸爸，插進去嘛，……，給我點快活……我才十五歲，朋友，是呀，你看見了嗎？我才十五歲……感覺到這點了嗎？……幹吧，我的小天使！你讓我重新活過來了……你在做一件值得稱讚的事……』

在這些柔情蜜意感嘆的間歇，迪皮伊親她的對手，捏他，用嘴裡僅剩的兩顆殘牙咬他。

另一方面，神父酒喝多了，只是一個勁兒地蠕動；可酒性開始發作了，我和可敬的昂塞爾姆神父和伊萊爾神組成的觀衆羣，很快就發現，昂熱神父漸漸失利了，其動作不再有規律、呈周期性。

『呵！好……！』內行的迪皮伊猝然嚷道，『我還以爲你排……，你這該死的，要是敢這麼侮辱我……』

轉瞬間，神父的胃動累了，造成全線崩潰，洪水直接向倒霉的迪皮伊臉上湧去，而此時，她正好發出一聲多情的感嘆，嘴大張著。老太太感到受了這散發出惡臭的、過量的澆祭的傳染，噁心起來，於是她便對入侵者以牙還牙。

從未見過比這更可憎又更可笑的情景了。那修道士身子變沈了，倒在了迪皮伊身上。而那位用盡吃奶的力氣把他推向一邊。她成功了。兩人都浸泡在穢物中，其面目已無法辨認。迪皮伊剛才只是暫時止怒，此刻拳頭像雨點般地落在昂熱神父身上。我和兩位觀衆大笑不已，哪還有力氣去幫他們。終於，我們上去把決鬥者拉開。昂熱神父酣然入睡，迪皮伊則把自己拾掇乾淨。入夜，大家紛紛離去，安安靜靜地回各自的住處。」

這番精彩的敍述，引得我們開懷大笑了一陣。隨後，布瓦洛麗埃繼續說了大致這樣一些話：

「我並不是在給妳講這些魔鬼的口味，其口味不過是追求違背自然的肉體享樂而已，不論是作爲施動者，還是被動者。如今，法國這類人出得比意大利還多。我們豈能不知道，一位討人喜歡的闊少因迷戀這瘋狂之舉，在新婚之夜竟無法與其嬌妻完婚，要不是在性行爲高潮時刻，他自己從其妻的前面插進去，而令其貼身男僕從其後面插進去。

然而我注意到，這些性行爲反常的先生們，對我們的謾罵頗不以爲然，而且竭力爲自己的口味辯護，他們堅持認爲，其反對者不過是在遵循和他們一樣的原則行事而已。

『我們大家都在尋找快樂，』這些異端分子說，『而且是通過我們認爲可以找到的途徑。是口味在引導我們和我們的對手。固然，你們會承認，我們無權決定自己有這樣或那樣的口味。但有人會說，一旦口味是罪惡的，一旦它們違背了大自然，就應當摒棄。絕非如此：談到肉體快樂，爲什麼不按口味去追求？毫無罪惡可言。何況，說什麼性行爲反常者是違背自然的，這不對，既然是這同一個大自然賦予了我們追求這種快樂的稟性。可有人又會說，這樣無法生兒育女。』他們繼續說，『多麼拙劣的推論！爲生孩子而追求肉體快樂，不管是出自什麼口味，這樣的人有嗎？』

「總之，」布瓦洛麗埃繼續說，「性行爲反常者擺出種種冠冕堂皇的理由來讓人相信，他們是無可抱怨、無可指摘的。可不管怎樣，我憎恨他們，而且我得給妳講講我一生中開過的一次頗逗樂的玩笑，是作弄我們女性的這類敵人中之一的。

我被告知，他要來看我，儘管我這人天生膽小怕事，但還是事先採取措施，用一大堆蘿蔔把胃塞得滿滿的，以便更好按計劃來接待他。這傢伙是個畜生，要不是爲了討好我母親，我眞受不了他。他每次來我們家，都要花兩小時仔細地看我的屁股，把它們掰開，又合上，把手指伸進屁股裡，對此我若不是明確表態，他會恨不得塞進別的東西去。一句話，我厭惡他。他晚上九點到，叫我趴在牀沿上，把我的裙子和襯衣全撩起，然後，按他那值得稱道的習慣，去拿一枝蠟燭，打算來察看他的崇拜物。我就在那兒等著他呢。他單膝跪地，把燭光和臉湊近，於是我突然放了一個悅耳的屁，我已好不容易忍了它兩小時了。那俘虜逃跑時發出了一聲巨響，並把蠟燭弄滅了。那好奇者仰面摔倒，可能還作了個最難看的怪相。從他手中跌落的蠟燭又點燃了，我哈哈大笑，趁亂逃進了隔壁的一個房間，把自己關在裡面，任他怎樣央求、威脅，就是不出來，直到那受侮辱的傢伙離開我們家爲止。」

說到這裡，布瓦洛麗埃太太不得不打住，因爲這最後的一次艷遇引得我笑個沒完，她也陪著我一起開懷大笑。而我想，我們本來是不會這麼快就結束的，要不是僕人來通報說，來了兩位她認識的先生。她僅來得及對我說，她很惱火被打斷了，因爲她只給我看了其經歷的陰暗面，這只能使我對她產生很壞的看法，不過她希望很快能讓我了解光明面，並使我得知，當機會來臨，她是怎樣急切地把它抓住的，因爲，勒芙珥太太使她捲入的那種可憎的生活方式，她從此可以擺脫了。

的確，我應當爲布瓦洛麗埃說句公道話：在我認識她期間，其行爲並無任何不正當。如果不算我和R……先生的艷遇，儘管她從不願承認自己對此負有相當的責任。五到六位男友組成了其社交圈子，除了我，她不見任何女性，而且她恨她們。我們的談話沒什麼見不得人的，我們彼此傾訴衷腸以來，最色情的談話莫過於我們單獨相處時的那些了。她所見的男人全都是明白事理的。大家做點小生意玩玩，然後上她家吃晚飯，幾乎天天晚上如此。只有B……，那所謂的金融家叔叔，被允許加入個別談話。

我已說過，據通報，來了兩位先生：他們進來了。我們跳四對舞，愉快地共進晚餐。布瓦洛麗埃性情可愛，她也許很不願意讓我一個人去想上午的遭遇，便把我唐事。

拽上了她的牀。只得與她共眠：近墨者黑嘛。我們說了各種荒唐話，也做了各種荒

親愛的伯爵，是在那放縱之夜的第二天，我和您初次說了話。那眞是個幸運的日子！沒有您，沒有您的開導，沒有一開始就把我們連接在一起的溫馨友誼、難能可貴的好感，我可能會不知不覺地走向毀滅。那是個星期五：我記得，在歌劇院的樓廳，您幾乎就在我和布瓦洛麗埃坐的那包廂的下面。如果說，我們的目光相觸是出於偶然，那它們彼此注視則是出於思索。您的一位朋友，他大概就是那天晚上我們客人中的一位，來找我們了。不一會兒，您上前來與他攀談。大家拿我的道德原則開玩笑。您顯得很好奇地將它們深究，繼而又因徹底了解了它們而欣欣然。您我之間感情的一致引起了我的注意。我聆聽您講話，望著您時，心頭漾起一種從未有過的快感。這强烈的快感使我振奮，變得風趣幽默，也使我身上自己尚未察覺到的感情得以發展。這就是心靈感應的作用，似乎是，我是在通過與我共同行動之人的大腦思索。我對布瓦洛麗埃說，她應當勸您來和我們一起用晚餐，就在那一刻，您也向您的朋友提出了同樣的建議。一切都談妥了。聽完歌劇，我們四人全上了您的四輪華麗馬車，直抵您那備有傢俱的小旅館。大家先跳了四對舞，我們因心不在焉

而盡出錯，並爲此付出了昂貴的代價。然後，大家入席用餐。最後，如果說我悵然地看著您離去，那麼我同時又感到欣慰，因爲您要求准許有時來看我，而且那語氣使我確信，您的打算是不會落空的。

您走後，好奇的布瓦洛麗埃盤問了我，竭力想弄清我和您飯後個別交談的性質。我極其自然地告訴她，您似乎想知道，我爲何事來到巴黎，並留下不走的。而且我供認不諱，說您的行爲舉止喚起了我十二萬分的信任，我把我全部的人生經歷，以及目前的處境，都毫不猶豫地告訴了您。我繼續對她說，您好像被我的狀況所感動，並讓我明白，您會向我證明，我喚起了您的感情。

「妳不了解男人，」布瓦洛麗埃又說，「他們大多數不過是勾引婦女的好手和愛情騙子，先是濫用一位姑娘的輕信，然後棄之不管，任其落入悲慘的境地。就我個人而言，我對伯爵的性格倒不這麼看；相反，他身上的一切表明，他這人有思想，爲人正派，做事出於理智和愛好，而不帶偏見。」

布瓦洛麗埃又發表了一些其它的議論，它們旨在告誡我，要學會了解男人的不同性格。然後我們便就寢了。一上牀，我們便不再推理，又荒唐開了。

翌日早晨，布瓦洛麗埃喚醒我，對我說：

「親愛的泰蕾絲，我昨天差不多把我一生的不幸都告訴您了，您已看到了事情的陰暗面；請耐心地聽我講，您將看到它的光明面。」

「長久以來，」她繼續說道，「我內心一直很痛苦，我悲嘆這可恥、丟人的生活，是貧困令我陷入，又是習慣和勒芙珥的規勸使我難以擺脫。就在這種情況下，這位手段高明、能一直對我施展某種母親威力的女人，突然病倒，並歸天了。人人都以爲我是其女兒，我便冷靜地繼承了一切。我發現，現錢和傢俱、餐具、衣物，得以構成一筆三萬六千里佛爾的款子，我留下了過小康生活所必需的東西，就是您現在看到的那些，多餘的我都賣了。一個月之內，我把事情辦妥，弄到了一筆三千四百里佛爾的終身年金。我把一千里佛爾送給窮人，然後動身去第戎，計劃在那裡隱居，安度我的餘生。

途中，我在奧克塞爾染上了天花，它使我變得面目全非，無法辨認。這個事件，加上我在打算居住的那個省所受到的惡劣救護，使我改變了決定。我還意識到，返回巴黎，遠離我在兩次我行我素期間住過的那兩個街區，我可以很容易在另一個街區太平無事地生活下去，而不被認出來。這不，我回來已有一年了。B……是唯一知道我眞實面目的男子。他要我自稱是他的侄女，因爲我冒充成一名貴族。

泰蕾絲，您也同樣，是我唯一信賴的女子。我深信，一個具有您那些原則的人，是不會濫用一位朋友的信任的，而您性格善良，看問題公正，因而博得了他的好感。」

# 布瓦洛麗埃之故事的終結和泰蕾絲之故事的繼續

布瓦洛麗埃一說完，我便向她保證，她應當相信我會守口如瓶的，而且我由衷地向她表示了感激，因爲她爲我而克服了厭惡情緒，那是人們在向某人訴說自己放蕩的過去時，所必然具有的。

時近中午。我和布瓦洛麗埃正在互相說客氣話，忽然有人來通報，說是您要求見我。我的心快樂得發顫：我站起來，撲到了您身邊。我們一起吃飯，一起度過了那天其餘的時光。

三周過去了，可以說，我們一直形影不離，而我竟未能意識到，您是在利用這段時間了解我是否配得上您。的確，我的心陶醉在見到您的快樂之中，是察覺不到我身上的任何其它感情的；儘管我別無它願，只希望一生一世擁有您，可我從未想到過要擬個系統的計劃，來謀取這種幸福。

然而，您對待我的那種莊重表情和冷靜態度，卻使我感到驚慌。「如果他愛我，」我說，「他在我身邊時，會有那種生動的表情，那是我在這樣或那樣的人臉上所看到的，這能使我相信，他們對我有著最强烈的愛。」爲此我惴惴不安。我當時並不知道，明智者即使愛起來也是明智的，而冒失鬼在哪兒都是冒失的。

終於，親愛的伯爵，一個月之後，有一天，您相當簡潔地對我說，從您認識我的那天起，我的處境就令您感到不安，而我的容貌、性格及我對您的信任，使您決心要想方設法，不讓我陷入那迷宮，而我眼看著就要陷進去了。

「您大概覺得我很冷漠，小姐，」您補充道，「對於一個向您保證他愛您的人來說。這倒是千眞萬確的。不過請相信，目前，我最强烈的慾望便是使您幸福。」

當時，我眞想打斷您，向您表示感激。

「現在還不是時候，小姐，」您又說道，「請聽我把話說完。我有一萬二千里佛爾的年金：在不妨礙我的情況下，我可以保證每年給您二千，而且供您一輩子。我是個單身漢，決計永不結婚，而且決定離開上流社會，因爲那些稀奇古怪的現象已開始成爲我的負擔；然後隱居到我那塊相當美麗的土地上去，它離巴黎有四十里路。四天後我就動身。您願意以女友的身份陪我去嗎？也許，您以後會決定與我同居，當我的情婦：這要取決於您在使我快樂的同時自己快樂與否；不過請相信，只有當您內心覺得，這個決定有利於您的幸福，它才可以下成。」

「認爲通過自己的思維方式就可以使自己幸福，」您補充道，「這是荒唐的。要知道，人們並不是在按自己的意願思維。爲了使自己幸福，每個人應當抓住適合於自己的那種快樂，因爲這與其慾望相符，同時結合享受這快樂所引起的利與弊；而且要注意，利弊不光要從自己角度考慮，還要從公衆利益角度考慮。確實，作爲人，由於其種種需要，沒有無數他人的協助，是不可能幸福的，每個人都應當注意不做任何有損他人幸福的事。凡違背此思想體系者，也就遠離了他所尋找的幸福。由此可以肯定地得出，爲了在這世上活得幸福，人人所應當遵循的第一原則便是正正派派地做人，遵守人類法則；而這人類法則，則好比是紐帶，把人與人連接在一起，讓他們互相滿足需要。」

「顯而易見，」我說，「背離這個原則的他們或她們是不可能幸福的，這些人會受到嚴格的法律的追究，也會因爲悔恨，因爲其同胞的仇恨和蔑視而不得安寧。」

「想一想我剛才有幸對您說的那些話吧，小姐，」您繼續說道，「琢磨琢磨，考慮考慮，在使我幸福的同時，您自己是否能幸福。我走了，明天來聽您的回話。」

您的這番話令我大爲震動。想到我可以有利於一個像您那樣思維的男子，我心裡有說不出的高興。同時，我也發現，我正面臨著陷入迷宮的危險，而您的仁慈和慷慨該不再使我爲此而擔憂。我愛您，但偏見的力量是強大的，而且是難以摧毀的。受人供養的姑娘的地位令我懼怕，因爲我過去總是見人們把它與某種恥辱聯繫在一起。我還怕生孩子。我母親和C……夫人分娩時差點沒送了命。另外，我習慣通過自己來獲得一種快感，據說這與在男人懷抱裡所得到的是一樣的，可它漸漸減弱了我旺盛的性慾；而且我在這方面從來都無所求，因爲滿足之後，緊接著慾念又來了。因此，展望前景，或是即將陷入悲慘境地，或是在使您幸福的同時渴望使自己幸福，兩者必居其一。第一個理由在我腦子裡僅一閃而過，第二個理由使我作出了決定。

一旦作出決定，我是多麼急不可耐地等著您再來！翌日，您出現了，我撲進了您的懷抱。

「是的，先生，我是您的，」我大聲地說，「請珍惜一個姑娘的柔情吧，她對您情有獨鍾·您的感情使我確信，您決不會壓制我的感情。您知道我懼怕什麼，清楚我的弱點和習慣。讓時間和您的忠告起作用吧。您了解人心，了解感情對意志的影響，請利用您的優勢，讓我身上產生您認爲最適宜叫我下決心的感覺吧；這決心，就是毫無保留地致力於您的肉體享樂。眼下，我暫且是您的女友和……」

我記得，您打斷了我這番情意綿綿的內心表白。您答應決不壓制我的興趣和愛好。一切都談妥了。翌日，我向布瓦洛麗埃宣布了我的幸福。她因爲要與我分手而淚如泉湧。而我們終於在您確定的日子動身前往您的莊園。

來到這可愛的鄉間居住地，我並沒有爲自身狀況的改變而驚訝，因爲我腦子裡光想著討您喜歡了。

兩個月過去了，您並沒有在慾念方面緊逼我，而是力求讓它不知不覺地在我身上產生。我迎合了您所有的樂趣，除了肉體享樂。您向我吹噓說是如何如何令人銷魂，而我卻不認爲它會比我平時品嚐到的更强烈，同時我提出與您一起共享。不料，我一看到那標槍般的物件就直哆嗦，而您還威脅著要用來扎我。「這怎麼可能呢，」我尋思，「像這麼長，這麼粗，頂端這麼可怕的東西，竟能進到我勉强能伸入手指的空間裡去？再說，要是懷上孩子，我覺得我會死的。」

「呵！親愛的朋友，」我繼續說，「讓我們避開這致命的危險吧，由我來幹。」

我撫摸、親吻你們那稱之爲你們的大夫的物件。我運動它，使您像是不情願地流出了那神奇的液體，從而把您引向快感，重新恢復了您內心的平靜。

我注意到，當那肉體的刺激一減弱時，您便藉口我對倫理學和玄學方面有興趣，運用推理的力量來決定我的意志，獲得您想從我身上獲得的東西。

「是自愛，」有一天您對我說，「決定了我們生活中的一切所作所爲。我們在做這件或那件事時所感到的內心滿足，我理解這就是自愛。我愛您，比如，因爲我愛您能感到快樂。我所爲您作的，是爲了能讓您滿意，對您有益，但別向我表示任何感激。是自愛決定了我這樣做的：因爲我以使您幸福爲自己的幸福，而因爲這同一個理由，您會使我非常幸福，一旦您的自愛在其中得到自己的滿足時。某人經常向窮人施捨。他甚至對接濟他們感到厭煩了：他的行爲對社會有好處，從這方面來講，是值得稱道的；可對他自己而言，好處再少不過，也是最不值得稱道的。他佈施，是因爲他對那些窮人的憐憫在他心頭激起了一種痛苦，而他覺得，爲他們而讓自己的錢離手，比起繼續忍受憐憫所激起的痛苦來，還是要好受些。又或許是出自自愛：由於虛榮心作怪，陶醉於被人當作慈善家，因而內心得到了眞正的滿足，於是便作出了此決定。我們生活中的一切行爲都由這兩項原則引導：『或多或少獲得快樂，或多或少避免痛苦。』」

另有一次，您對我從修道院院長T……先生那裡得到的寥寥數語告誡，作了解釋，並大加發揮。

「他告訴您，」您對我說，「我們無權作這樣或那樣的思維，無權有這樣或那樣的意志，如同我們無權不發燒一樣。的確，」您補充道，「通過簡單明瞭的觀察，我們看到，心靈主宰不了什麼，它只是根據感覺和身體能力行事；可能由器官紊亂而引起的原因使人心緒不寧、智力下降；腦子裡一根血管、一根神經出了問題，會使最聰明的人變傻。我們知道，大自然只是通過最簡單的途徑，以一成不變的原則運行。那麼，既然我們在某些行爲中是不自由的，我們在任何行爲中便均如此。

我們還要考慮到，如果心靈是純精神的，它們就會一無二致；既然一無二致，倘若它們有能力自己去思索、企求，在相同的情況下，它們會以同樣的方式思索和作決定。然而，情況並非如此。所以，它們是由某種其它東西決定的，而這某種東西只能是物質，因爲最輕信的人只知道精神和物質。

可我們來問問這些輕信者何謂精神。它是否可能存在而不在任何地方？如果它在什麼地方，它就應當佔有位置；如果佔有位置，它就是可分割的；如果是可分割的，它就是物質的。所以，精神是一種空想，或者是屬於物質範疇的。」

「從這些推理，」您說，「我們可以肯定地得出結論：其一，我們以這樣或那樣的方式思考，僅就我們的身體構造而言，再加上我們每天通過觸、聽、看、嗅、嚐所得到的觀念；其二，我們生活幸福與否，取決於物質和這些觀念的變化；因此，爲了獲得能有效地致力於大眾幸福的觀念，尤其是致力於自己所愛之人幸福的觀念，善思的天才和常人是不至於太費神、太費力的。而在這方面，父母對其子女，家庭教師、導師對其學生、弟子，又有什麼不該做呢！」

終於，親愛的伯爵，您開始對我的拒絕感到厭煩了，於是，您從巴黎弄來了您的色情藏書，還有您所收集的同類油畫。您看我對書，尤其對畫顯得興趣盎然，便想出了兩種使您達到目的方法。

「那麼說，泰蕾絲小姐，」您開玩笑地對我說，「您喜歡色情書和色情畫囉？

我非常高興：您會得到那最突出的；不過，您若願意，讓我們來簽訂投降條約吧：我同意把藏書和畫借給您，並放在您的房間裡，爲期一年，只要您保證半月內不用手去摸那個部位，它照理今天應是屬於我的領地；而且您還要眞心實意地與手淫一切兩斷。要不折不扣地去做。」您補充道，「每個人都要對這場交易熱衷點才是。我有正當理由這樣要求您：選擇吧，若不遵守這項協議，您就休想得到書和畫。」

我稍加猶豫，便發誓禁慾半個月。

「這還不是全部，」您又對我說，「讓我們來給雙方規定一些條件：只爲了看看這些畫和一時讀讀這些書，就讓您作這樣的犧牲，這不公平。我們來打個賭吧，您沒準會贏。我賭我的藏書和畫，您賭您的童貞。我保證您遵守不了自己的諾言，不會禁慾半個月的。」

「說實在的，先生，」我回答道，神情有些不快，「您對我氣質的看法未免太古怪了，您竟認爲我難以控制住自己。」

「哦！小姐，」您反駁道，「求求您別起訴我，跟您打官司我非輸不可。另外，我覺得，您並沒有猜到我這番建議的用意：請聽我說。每次我送您禮物，您收下時自尊心都好像受傷了，因爲您沒使送禮人盡可能地高興。對不對？那好，您愛不釋手的藏書和畫，將不會使您受之有愧，旣然您是因爲打賭贏了才得到的。」

「親愛的伯爵，」我又說道，「您給我設圈套，可您會上當的，我警告您。我同意打賭！」我大聲說，「而且，我要强迫自己每天上午不幹別的，光讀您那些書，光看您那些迷人的畫。」

遵照您的吩咐，一切都被送到了我房裡。在頭四天裡，我貪婪地閱讀，或確切地說，我相繼瀏覽了《查爾特勒修會之修士們的守門人》、《加爾默羅會之修女們的對外聯絡員》、《女子學堂》、《教會的榮譽》、《特蜜道珥》、《菲爾蒂榮》等，及其它許多這類書。我手不離卷，除非是爲了貪婪地欣賞那些畫。畫裡那些最淫蕩的姿勢所用的色彩和表現手法，使我慾火中燒。

第五天，閱讀了一小時後，我出起神來。我躺在牀上，四面的牀帷都敞著，兩張畫，《普里阿波節》和《戰神與愛神之戀》，供我觀賞。畫中的姿勢使我頭腦發熱，我把毯子和被子掀開，毫不考慮房門是否關嚴，就著手模仿起所見的全部姿勢來。每張臉都在我心頭喚起了畫家所賦予的感情。《普里阿波節》一畫左邊的兩位競技者令我入迷，無以自制，因爲那小女子的口味與我的相等。我下意識地將右手伸向那男子之右手放置的部位，而我正要把手指插進去時，頭腦突然清醒了，我發現了幻覺；回想起我們打賭的條件，但只得放棄這一作法。

我哪裡會相信，您在觀看我的弱點，如果這溫柔的天性也算是一種缺點的話；而我又是多麼愚蠢，上帝，竟抵禦眞正的肉體享受那難以言傳的快樂！這就是偏見之作用：它使我們失去判斷力，它是我們的暴君。這第一幅畫的其它部分輪番激起了我的讚嘆和憐憫。終於，我把目光投向第二幅。維納斯的姿勢有多淫蕩！像她一樣，我慵懶地躺直，大腿稍稍分開，胳膊性感地張著，欣賞起戰神的雄姿來。其眼睛，尤其是其標槍，似乎被慾火注入了活力，而這慾火進到了我心裡。我在毯子上滑動，屁股性感地擺動著，像是爲了把獻給勝利者的花冠向前舉。「什麼！」我喊道，「連諸神們都把我拒絕的好處變成了他們的幸福！呵！親愛的情夫，我抵禦不住了。出現吧，伯爵，我根本不怕你的標槍：你可以刺你的情婦了。你甚至可以愛打哪兒就打哪兒，我全部無所謂，我會堅强地忍受，而且毫無怨言；爲了確保你的勝利，瞧，我把手指放進去了。」

多麼出人意料！多麼幸福的時刻！您突然出現了，比畫上的戰神更神氣、更威風凜凜。一件裹住你的輕柔睡袍被脫去了。

「爲了享用妳給我的第一次好處，」您對我說，「我體貼備至：我就在妳們口，什麼都聽見，也都看見了；我精心策劃的打賭贏了，可我不願把我的幸福歸功於它。我可愛的泰蕾絲，我出現只是因爲妳呼喚了我。妳決定了嗎？」

「是的，親愛的情夫！」我大聲地說，「我整個人都屬於你，打我吧！我不再懼怕。」

您當即倒在我懷裡，我毫不猶豫地抓住了那標槍，而在此之前，我一直覺得它十分可怕。我自己把它置於它威脅著要進去的入口處，您插了進去，一直往裡推，而我沒發出半點喊叫聲；我全神貫注地在想快樂，沒感覺到痛苦。

狂怒似乎已被有自制力的男子的冷靜驅走，這時，您含糊不清地對我說：

「泰蕾絲，我不會把您給我的全部權利都用掉；妳怕當母親，而我會愛惜妳的；巨大的快樂來臨了，重新把妳的手放在妳的戰勝者上，我一拔出來，妳就晃幾下，幫它……是時候了，我的女兒，眞……舒服……」

「呵！我也要死了！」我喊道，「我已無法自制，我……要……暈……過去了。」

這時，我已抓住那標槍，把它輕輕地捏在手裡，用手當它的套子。它在裡面跑完了那段通向快感的距離。我們又重新開始。十年來，我們就一再地這樣作愛，沒有紛爭，沒有孩子，沒有憂煩。

我親愛的恩人，我想，這就是您要求我詳細寫來的我的生活經歷。這手稿萬一發表的話，多少傻瓜會大叫大嚷地反對裡面的色情描寫、道德原則和玄學。而對這些傻瓜，這些構造粗笨的機器，這類慣於通過他人的器官思維、按他人意志行事的自動木偶，我將這樣來回答：我所寫的這一切，都是基於經驗之上，基於擺脫了偏見的理性之上的。

是的，愚昧無知的人們！大自然是空想出來的。一切都是上帝的產物。我們吃、喝與肉體享樂的需要均得之於他。那又爲什麼以完成其計劃而感到羞愧呢？爲什麼要怕有利於人類的幸福，而怕爲其準備各種相應的調味品，以滿足那些不同的肉慾？把毫無妨害、只能給人以啓迪的眞相公佈於衆，我難道會怕惹惱上帝和人類嗎？我再對你們說一遍，動輒發怒的批評家們，我們並不能隨心所慾地思維。心靈只有通過感覺、通過物質才有意志，才能作出決定。理智使我們明白事理，卻並不能使我們作出決定。自愛，要企求的快樂，或慾迴避的痛苦，是我們作出一切決定的動機。幸福取決於器官的構造、教育和外在感覺。而人類法則，人只有遵守，正正派派地做人，才可能幸福。上帝是存在的，我們應當愛他，因爲他是盡善盡美的。有識之士、哲學家們，應當使自己的品行規範化，以利於大衆的幸福。根本沒有宗教信仰，對上帝來說，光他自己就足矣：人類的跪拜、假虔誠、想像，都不能增加他的榮耀。所謂道德的善惡僅對人類而言，與上帝絲毫無關。如果身體的疾病有損於一些人，則有益於另一些人：醫生、管理財務的教士、財政官都靠他人的疾病而生存；一切都是安排好的。各地旨在密切各種社會關係的既定法則，應當被遵守。違者必懲，因爲，正如榜樣約束了那些缺乏理智、圖謀不軌者，懲戒一個違法亂紀者恰恰就是有助於大衆的安寧。總之，國王、親王、行政法官，所有履行本職的長官們，都應當受到愛戴和尊重，因爲他們每個人都在致力於大衆的利益。

註釋：

❶ 彼得羅·阿雷蒂諾（一四九二～一五五六）意大利作家。

❷ 希臘神話中善彈豎琴的歌手。

❸ 古代洒酒、奶和油以祭神，稱之爲澆祭。

金楓出版社

世界性文學名著大系
小説篇・法文卷14

# 泰蕾絲説性

# THÉRÈSE PHILOSOPHE

總編輯／陳慶浩
作者／布瓦耶・阿爾讓（BOYER D'ARGENS）
譯者／微谷

發行人／周安托
印行／金楓出版有限公司
地址／台北市羅斯福路三段 65 號 5F
電話／（02）3621780-1
傳眞／（02）3635473
郵撥帳號／10647120
登記證／行政院新聞局局版台業字第 3561 號

總經銷／學欣文化事業有限公司
地址／新店市民權路 130 巷 6 號
電話／（02）2187229
傳眞／（02）2187021
郵撥／1580676-5
初版一刷／1994 年 8 月
法律顧問／董安丹
國際書號／ISBN：957-763-014-6

定價／新台幣 150 元